THE
THREE
BILLY GOATS
GRUFF

For Kay

Paul Galdone

Clarion Books
New York

Clarion Books
a Houghton Mifflin Company imprint
215 Park Avenue South, New York, NY 10003
Copyright © 1973 by Paul Galdone
All rights reserved.
For information about permission to reproduce
selections from this book, write to Permissions,
Houghton Mifflin Company, 215 Park Avenue South, New York, NY 10003.
Library of Congress Card Number: 72-85338
ISBN: 0-395-28812-6   Paperback ISBN: 0-89919-035-9
(Previously published by The Seabury Press under ISBN: 0-8164-3080-2)
Book designed by Paul Galdone
Printed in the United States of America

WOZ 40 39 38 37 36 35

Once upon a time there were three Billy Goats.
They lived in a valley and the name
of all three Billy Goats was "Gruff."

There was very little grass in the valley
and the Billy Goats were hungry.
They wanted to go up the hillside
to a fine meadow full of grass and daisies
where they could eat and eat and eat, and get fat.

But on the way up there was
a bridge over a rushing river.
And under the bridge lived a Troll
who was as mean as he was ugly.

First the youngest Billy Goat Gruff
decided to cross the bridge.

"TRIP, TRAP, TRIP, TRAP!" went the bridge.

"WHO'S THAT TRIPPING OVER MY BRIDGE?"
roared the Troll.

"Oh, it's only I, the tiniest Billy Goat Gruff,"
said the Billy Goat in his very small voice.
"And I'm going to the meadow to make myself fat."

"No you're not," said the Troll,
"for I'm coming to gobble you up!"

"Oh, please don't take me. I'm too little, that I am,"
said the Billy Goat. "Wait till the second
Billy Goat Gruff comes. He's much bigger."

"Well then, be off with you," said the Troll.

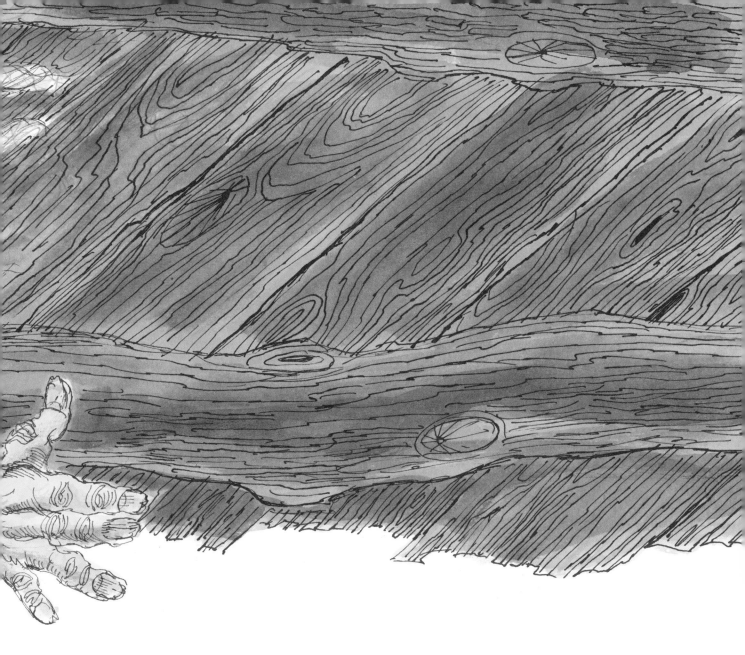

A little later the second Billy Goat Gruff came
to cross the bridge.

"TRIP, TRAP! TRIP, TRAP! TRIP, TRAP!"
went the bridge.

"WHO'S THAT TRIPPING OVER MY BRIDGE?"
roared the Troll.

"Oh, it's only I, the second Billy Goat Gruff,
and I'm going up to the meadow to make myself fat,"
said the Billy Goat.
And his voice was not so small.

"No you're not," said the Troll,
"for I'm coming to gobble you up!"

"Oh, please don't take me. Wait a little, till the
third Billy Goat Gruff comes. He's much bigger."

"Very well, be off with you," said the Troll.

1

Then up came the third Billy Goat Gruff.

"TRIP, TRAP! TRIP, TRAP!
TRIP, TRAP! TRIP, TRAP!"
went the bridge.

The third Billy Goat Gruff was so heavy
that the bridge creaked and groaned under him.

"WHO'S THAT TRAMPING OVER MY BRIDGE?"
roared the Troll.

"IT IS I, THE BIG BILLY GOAT GRUFF,"
said the Billy Goat.
And his voice was as loud as the Troll's.

"Now I'm coming to gobble you up!" roared the Troll.

"Well, come along!" said the big Billy Goat Gruff.
"I've got two horns and four hard hooves.
See what you can do!"

25

So up climbed that mean, ugly Troll,
and the big Billy Goat Gruff butted him with his horns,
and he trampled him with his hard hooves,

and he tossed him over the bridge
into the rushing river.

Then the big Billy Goat Gruff went up the hillside to join his brothers.

In the meadow
the three Billy Goats Gruff
got so fat that they could hardly
walk home again.
They are probably there yet.

So snip, snap, snout,
This tale's told out.

Tout le CP

- **Français**
  Xavier Knowles
- **Mathématiques**
  Yann Cordonnier
- **Histoire-Géographie**
  Véronique Nignol
- **Sciences**
  Alain Chartier

HACHETTE
Éducation

Maquette de couverture : Alain Vambacas
Maquette intérieure : Laurent Carré
Mise en page : Alinéa
Illustration de couverture : Alain Boyer
Illustrations français, mathématiques, histoire, géographie : Stephany Devaux
Illustrations sciences : Gérard Allaguillemette
Les illustrations de souris ont été réalisées par : Alain Boyer
Recherche iconographique : Chantal Hanoteau

Crédits photographiques
p. 131 © Jean Grinsky/Photononstop – **p. 133** © d.r. – **p. 134** © Frédéric Hanoteau – **p. 138** © Météo-France.

© Hachette livre, 2002, 43, quai de Grenelle, 75905 Paris Cedex 15.
ISBN : 2.01.168898-1
www.hachette-education.com

Sommaire

Français

Mathématiques

Histoire

Géographie

Sciences

Se présenter

Retiens bien

Deux enfants se rencontrent en bas de leur immeuble.

– Bonjour, je m'appelle Omar.

– Bonjour, répond la petite fille.

– Et toi, comment t'appelles-tu ?

– Je m'appelle Nolwenn.

Relie chaque bulle à l'enfant qui dit cette phrase.

> Bonjour, je m'appelle Nolwenn,
> je suis une fille.

> Bonjour, je m'appelle Omar,
> je suis un garçon.

Complète la deuxième phrase.

Nolwenn est une fille.

Omar est un garçon

Entraîne-toi

1 Colle ta photo dans le cadre et complète la bulle.

Je m'appelle Corinne.........
Je suis ...une...fille.........

2 Entoure les mêmes mots que le modèle.

File   *(fille)*   filet   (fille)   fil   *filles*

(fille)   fil   (fille)   *filet*   (fille)   fiel

file   *fillette*   fil

3 Retrouve les phrases du texte et colorie-les.

| Je suis Nolwenn. | *Je suis Nolwenn* |

Je m'appelle Nolwenn | *Je m'appelle Nolwenn.* |

| *C'est moi Nolwenn.* | *C'est moi Nolwenn* |

Je suis Nolwenn | Je suis Nolwenn. |

| Je m'appelle Nolwenn. | *Je m'appelle Nolwenn*

C'est moi nolwenn | C'est moi Nolwenn. |

Le son [i]

Orthographe Fiche 2

Retiens bien

Nolwenn est une petite fille, Omar est son ami.

Ils ont six ans. Une amie leur lit une histoire.

Le son [i] a plusieurs costumes, il peut s'écrire de plusieurs façons :

i, ie, it, hi, is, ies, y.

Colorie les éléments du dessin quand leur nom se prononce avec un [i].

papillon

insectes
la coccinelle

Entoure toutes les lettres i.

l   ⓘ   l   j   y   d   ⓘ   l   ⓘ   ⓘ   y   j   ⓘ   l   ⓘ   y

8

Entraîne-toi

1 Colorie les dessins si tu entends le son [i].

2 Colorie…

- la chauve-souris en rouge ;
- le pigeon en vert ;
- le hérisson en bleu.

hérisson hérisson
hérisson hérisson
hérisson hérisson
hérisson hérisson

Pigeon Pigeon
Pigeon Pigeon
Pigeon Pigeon

chauve- souris
chauve -souris
chauve -souris
chauve -souris

3 Complète les lignes d'écriture.

i   i

j   j

y   y

La lettre i

Retiens bien

i	un char**i**ot	**oin**	l**oin**
ai	un qu**ai**	**oi**	une v**oi**e
ien	un ch**ien**	**ion**	la stat**ion**
in	la f**in**	**im**	**im**possible
ain	un tr**ain**	**ein**	le fr**ein**
ail	les r**ail**s	**eil**	un appar**eil**

VOIE 1 VOIE 2

DESTINATION	SNCF		
	HORAIRE	QUAI	VOIE
NANTES	09 00	2	2
RENNES	09 17	5	1
LES SABLES	09 20	12	1
LA ROCHELLE	09 45	8	2
NIORT	10 02	2	2
LE MANS	10 19	16	1
NANTES	10 32	12	

Observe le dessin et complète le texte. Ensuite, colorie tous les objets, les gens ou les animaux dont le nom contient la lettre i.

professeur

Nolwenn et Omar ont rendez-vous avec leur maîtresse devant le quai 2 à la v.*oi*.e 2. Leur t.*rain*.. part à 10 h 02 pour N*iort*..... Ils ont mis leurs sacs sur un *chariot*. à bagages. La maîtresse composte les billets. Elle va voir le contrôleur pour savoir si la v.*oiture*.est au début ou à la fin du train.

Entraîne-toi

1 **Complète les mots avec ai, oi, in, im, oin ou ail.**

Le train est à qu~~oillon~~ai   *quai*

Il ne faut pas traverser les v..........es.

Sur la v..........e, il y a les r..........s.

C'est la f.......... du qu.........., ...possible d'aller plus l...........

---

2 **Retrouve les mots.**

Le son [wa] comme soir

....

Le son [jɔ̃] comme station

....

Le son [ɛ̃] comme raisin

....

Le son [ɛ] comme beige

....

---

3 **Recopie cette phrase en lettres attachées.**

SUR LE QUAI, LES VOYAGEURS ATTENDENT L'ARRIVÉE DU TRAIN
EN GARE.

ᵩ

La lettre o

Retiens bien

o	un oreiller	oi	la baignoire	oin	un coin
ou	un coussin	or	une porte		
on	un édredon	œu	un nœud		

Complète les mots avec o, ou, oi ou on.

Le c.........sin d'.........mar vit à la campagne. Aut.........r de sa mais.........,

il y a beauc.........p de mares. Le s.........r, ... peut ....bserver plein

d'.........seaux.

Retrouve les pièces où les personnages se trouvent.
Colorie les pièces comme les phrases du texte.

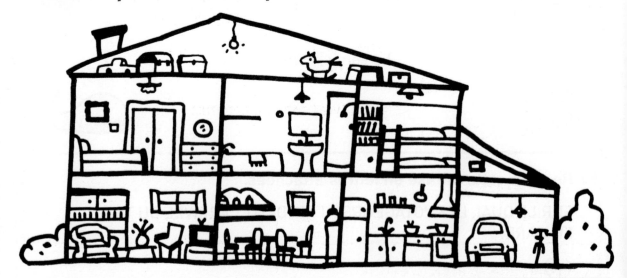

Omar joue dans le grenier avec son cousin. Nolwenn se brosse les cheveux

dans la salle de bain. Son papa règle un vélo dans le garage. Les mamans

discutent dans le salon. Le papa d'Omar prépare le repas.

Entraîne-toi

1 Retrouve les mots.

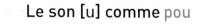

Le son [u] comme pou

une ....   une ....   une ....

Le son [ɔ̃] comme oncle

une ....   un ....   une ....

Le son [ɔr] comme port

une ....   une ....   un ....

Le son [wa] comme armoire

un ....   une ....   un ....

2 Complète la ligne d'écriture.

La lettre g

Retiens bien

La lettre g se prononce [g] ou [ʒ].

g	un ti**g**re	ge	un pi**ge**on
go	un **go**rille	gi	une **gi**rafe
gu	une **gu**enon	gou	un kan**gou**rou
gan	un **gan**ga		

Certaines lettres ont disparu. Retrouve-les.

hippopotame

rhinocéros

sin…e

lion

…ardien

…orille

éléphant

ti…re

…irafe

…uépard

…azelle

Complète les mots avec ge, g, ga ou gan.

Le ………ga est un oiseau voisin du pi……on.

Le ti…re est un fauve.

Dans la vie sauva……, il chasse les ……zelles.

Entraîne-toi

1 Relie les sons avec les mots dans lesquels tu les entends.

guépard •

grenouille •   • [g] •

gorille •

singe •   • [ʒ] •

guenon •

• girafe

• gazelle

• gerboise

• gibbon

• grizzli

2 Colorie en vert les mots où tu entends [g]
et en bleu les mots où tu entends [ʒ].

....

....

3 Complète la ligne d'écriture.

g g

La lettre u

Orthographe Fiche 6

Retiens bien

u	un lég**u**me		
un	**un** magasin	um	du parf**um**
ui	un fr**ui**t	eu	la fl**eu**r
au	un rest**au**rant	eau	un cham**eau**
ou	un b**ou**quet		
gu	une dro**gu**erie	qu	une **qu**incaillerie

Retrouve les magasins où tu peux acheter les produits ou objets.

❶

❷

❸

❹

◯ du saucisson

◯ des tulipes

◯ des artichauts

◯ un chausson aux pommes

Entraîne-toi

1 **Complète les mots avec** u, um, ui **ou** ou**.**

J'ai accompagné papa p......r faire les

c......rses. N......s avons pris des fr......ts

et des lég...mes, ainsi que du prod......t

à vaisselle à la droguerie. Ma sœur a prév...

d'acheter ...ne petite b......teille de parf......

---

2 **Colorie les noms selon les couleurs des différents sons.**

ou   eau   u   au

journal   veau   cuisse   moule   chou   prune   saucisse   gâteau

gu   qu

qui   droguerie   quincaillerie   légume   pourquoi   baguette

un   ui   eu

fleur   fruit   brun   gratuit   feu   un   deux

---

3 **Complète les lignes d'écriture.**

u   u

une rue

Le son [a]

Retiens bien

Le son [a] peut avoir plusieurs écritures : a, ât.

Un galion   pavillon   mât   canon

mais aussi : as (en bas), ha (une hache), â (un château), at (un abat-jour), ac (du tabac).

pavillon

mât

canon

un galion

Retrouve d'autres mots du vocabulaire des bateaux grâce au son [a].

c…le – r…me – pir…te – b…sting…ge – b…bord.

Entraîne-toi

1 Les noms de ces navires contiennent tous le son [a].
Complète-les et relie chaque dessin à sa légende.

- trois-m...ts
- c...r...velle
- dr...kk...r
- n...vire égyptien

2 Il n'y a pas que les bateaux ! Retrouve le nom de chacun des moyens de transport et colorie ceux où tu entends [a].

automobile

train

moto

ballon

autobus

bateau

avion

vélo

3 Recopie en lettres attachées.

Le galion ramenait l'or d'Amérique.

Le ga

Le son [ɔ̃]

Retiens bien

Le petit garçon est tombé de vélo.

Il ne s'est pas fait mal mais ça ne tourne plus très rond : le guidon est tordu et quelques rayons sont cassés, sans compter le pantalon déchiré !

Le son [ɔ̃] peut s'écrire de plusieurs façons.

on	om	ont	ons	ond
garçon	tombé	sont	rayons	rond
pantalon	compter	....		....
guidon	....			
....				
....				

Complète ce tableau en relevant les mots qui contiennent le son [ɔ̃] dans le texte suivant.

Il n'est pas très content. Il contemple les dégâts,

sa pompe à la main. Il était presque arrivé

chez lui… juste un pont à traverser

et d'un bond il était à l'heure.

Entraîne-toi

1 **Chasse l'intrus dans chacune des listes.**

On entend le son [ɔ̃], on voit on ou om			
tomber	pantalon	oncle	saucisson
chuter	caleçon	tante	pâté
tombola	slip	tonton	melon

2 **Colorie les mots où tu entends [ɔ̃].**

Écris le nom des dessins que tu as coloriés.

....

....

....

3 **Trouve les mots qui correspondent aux définitions.**

Une sucrerie : un bonbon

Contraire de court : ....

Il a un chapeau et il pousse dans les bois : ....

Forme du cercle : ....

Contraire de mauvais : ....

Les lettres que l'on n'entend pas...

Retiens bien

Les lettres que l'on n'entend pas sont des **lettres muettes**.

Pour connaître la dernière lettre de certains mots, il faut penser à des mots de la même famille, à un verbe par exemple.

main → manuscrit   pied → pédicure   tas → tasser

On peut aussi penser au féminin.

laid → laide

Replace les parties du corps.

mollet – pied – coude – bras – genou – nez –
poignet – main – poitrine – épaules – cheveux

Entraîne-toi

1 **Retrouve la dernière lettre et relie au mot de la même famille.**

un bras •   • une poignée

un poin... •   • une rangée

un ran... •   • blanche

blan... •   • un brassard

le lai... •   • une laiterie

2 **Complète cette petite histoire en retrouvant les lettres que l'on n'entend pas.**

À la piscine, il fait chau...... Mais je suis idio....., j'ai oublié que c'était

payan..... et je n'ai pas d'argen.......

3 **Colorie les animaux où tu n'entends pas la dernière lettre.**

un cachalot   un homard   un crabe

un dauphin   une méduse   une raie

4 **Complète les lignes d'écriture.**

Bilan

1 Replace les lettres qui sont tombées de l'alphabet.

g ___ j ___ ___ m ___ o ___ r ___ t ___ ___ w

k i p l h v s u n q

---

2 Colorie les objets quand tu entends [a] et écris leur nom dans les cases de droite.

		A		A		

	A					

		A		

		A		

		A		O

		A		

---

3 Retrouve le mot en continuant le fléchage.

....

4 **Complète les mots avec ain, ai, oin, im, in.**

Il ne faut pas traverser les voies, le tr.......... est à qu...........

C'est la f.......... du qu.......... : ....possible d'aller plus l...........

Le contrôleur p..........çonne les billets.

C'est un tr.......... court : il y a c..........q v..........tures.

---

5 **Tous ces mots commencent par o.**
Place les lettres manquantes et retrouve-les.

O		J		T
O		C		E
O		I		
O		A		E

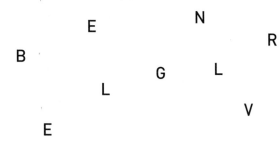

---

6 **Entoure les mots qui ont un rapport avec les animaux.**

un zoo   un vétérinaire   des poils

    une nageoire   un médecin   un vélo

      des plumes   un homme-grenouille.

---

7 **Retrouve les mots. Les sons présentés sont teintés en jaune.**

[o] ou [ɔ̃]

[y]

Masculin et féminin

Retiens bien

Devant un nom ou un groupe nominal au masculin,
le déterminant est au masculin (un, le, ce, cet...).

Devant un nom ou un groupe nominal au féminin,
le déterminant est au féminin (une, la, cette...).

**Dans la liste, souligne en bleu les noms féminins
et en vert les noms masculins.**

terrasse

escalier

toit

balcon

mur

plaque

porte

portière

fenêtre

Velux

gouttière

cheminée

étage

Omar et Nolwenn habitent dans le même immeuble.
C'est un immeuble d'un étage. Il y a des rideaux bleus
chez Omar et des volets rouges chez Nolwenn.

Entraîne-toi

1 **Relie chaque fois que c'est possible.**

un •

une •

- escalier
- porte
- fenêtre
- étage
- immeuble
- toiture
- mur

un •

une •

le •

la •

- porte
- volet
- rideau
- salon
- balcon
- cheminée
- gouttière

---

2 **Est-ce la vérité ? Coche la bonne case.**

	Vrai	Faux
Omar habite au numéro 21.	☐	☐
Nolwenn habite au numéro 19.	☐	☐
Leur immeuble a trois étages.	☐	☐
Omar habite au premier étage.	☐	☐
Nolwenn est au rez-de-chaussée.	☐	☐
Omar a un balcon.	☐	☐
Nolwenn a des rideaux bleus.	☐	☐

---

3 **Recopie la phrase.**

Ils habitent 19 rue du Soleil.

Ils

Le pluriel

Retiens bien

Lorsqu'un mot ou un groupe de mots représentent une seule chose ou un seul être, on dit qu'ils sont au **singulier**.

Lorsqu'ils représentent plusieurs choses ou plusieurs êtres, on dit qu'ils sont au **pluriel** (dans ce cas, les mots peuvent prendre un s ou même un x).

Retrouve le matériel de Nolwenn
(le singulier est en vert et le pluriel en rouge).

La fillette a préparé son matériel pour aller à l'école :
une règle, une gomme, des ciseaux, de la colle, des crayons, une trousse et un taille-crayon.

une ....

un ....

de la ....

une ....

des ....

une ....

des ....

Entraîne-toi

1 **Utilise les mots suivants pour les écrire à côté des noms :**
le – quelques – deux – cette.

.... croissants .... réveil .... cuillère .... fourchettes

2 **Relie les déterminants aux noms dans chacune des listes.**

- pinceau
- crayons

le •
- stylos
- feutre

les •
- stylo
- crayon
- feutres
- pinceaux

- peintures

une •
- éponge
- éponges

des •
- craies
- peinture
- craie

3 **Complète les lignes d'écriture.**

La phrase

Retiens bien

La phrase est un groupe de mots qui a du sens.

Elle commence par une majuscule et finit par un point.

Tous les matins, le papa d'Omar emmène son fils et Nolwenn à l'école en voiture. Le soir, c'est la maman de Nolwenn qui vient les chercher. Ils rentrent tous ensemble en autobus.

Dans ce texte, combien y a-t-il de phrases ? Elles sont écrites en rouge, en vert et en bleu.

Il y a .... phrases.

Sépare les phrases par un point.

La maman de Nolwenn va au travail en vélo Quand elle doit aller plus loin, elle prend le train Une fois par mois elle prend même l'avion Elle n'aime pas voyager en voiture

Entraîne-toi

1 **Retrouve les phrases. Recopie-les en séparant les mots.**

Omar/est/un/petit/garçon/de/six/ans.

....

Nolwennaimefairedelabicyclette.

....

Ilssontdanslemêmecourspréparatoire.

....

2 **Remets ces mots dans l'ordre pour écrire les phrases.**

| Le | Juliette | accompagne | mercredi, | pour |

| les | sa maman | faire | courses. |

L..

....

| papa | Omar | est | d' |
| voiture | verte. | La | du |

....

....

| et | Nolwenn | soir, | en | rentrent |
| bus. | Omar | Le |

....

....

31

La phrase négative

Retiens bien

La phrase **négative** est le contraire de la phrase **affirmative**.

Phrase affirmative : Il y a le nom des vêtements dans la vitrine.

Phrases négatives : Il n'y a pas le nom des vêtements dans la vitrine.
Il n'y a jamais le nom des vêtements dans la vitrine.
Il n'y a plus le nom des vêtements dans la vitrine.

LES GALERIES CHIC

Dans chaque phrase négative, barre des mots pour retrouver la phrase affirmative.

Nolwenn ~~ne~~ porte ~~jamais~~ sa robe.

Omar ne met plus cette chemise.

Ils ne mettent pas leurs bottes.

Maman ne m'a pas acheté ce chapeau.

Il ne pleut plus.

Entraîne-toi

1 **Souligne ce qui est négatif** en vert **et ce qui est affirmatif** en bleu.

Quand le chat n'est pas là, les souris dansent !

Mais quand le chat est là, les souris ne dansent pas.

Et quand la maîtresse arrive, les élèves ne discutent plus.

---

2 **Écris A lorsque la phrase est affirmative et N lorsqu'elle est négative.**

N   Omar n'aime pas faire les magasins.

.....   Nolwenn accompagne souvent sa maman.

.....   Elle ne porte jamais de bonnet de laine.

.....   Le pull rouge lui plaît beaucoup.

.....   Mais elle préfère les baskets jaunes.

.....   Il ne lui reste plus assez d'argent pour acheter la casquette.

---

3 **Transforme les phrases afin qu'elles correspondent aux panneaux.**

On peut manger dans le magasin.   Les chiens sont autorisés.

---

4 **Complète les lignes d'écriture.**

33

La phrase interrogative

Retiens bien

La phrase question se termine toujours par un point d'interrogation : ?

C'est une phrase interrogative.

Elle commence souvent par : Qui, Que, Comment, Où...

Que construisaient les seigneurs au Moyen Âge pour se protéger ?
Ils construisaient des châteaux forts.

Réponds aux questions et tu trouveras les légendes du château.

Utilise les mots : pont-levis – douves – remparts – herse – donjon – meurtrières

Comment se nomment les fossés du château ? .... ①

Par où peut-on entrer dans le château ? .... ②

Quel est le nom de la grille qui protège l'entrée ? .... ③

Où vivait le seigneur ? .... ④

Comment s'appellent les étroites fenêtres d'où tiraient les archers ?

.... ⑤

Comment s'appellent les grands murs qui font le tour du château ? .... ⑥

....

Entraîne-toi

1 **Retrouve les phrases et recopie-les.**

| dans | a été | Qui | donjon | le | ? | ses archers |

| du seigneur | sont allés | ? | Où | et | Henri IV |

| est | du château | ? | Comment | Que | le pont-levis |

| les hommes d'armes | font | ? | sur le chemin de ronde |

....

....

....

....

2 **Retrouve les questions.**

.... ?

Le seigneur est dans son donjon.

.... ?

Les archers surveillent les alentours.

.... ?

Il y a dix chevaliers devant le pont-levis.

3 **Réponds toi-même à ces questions ou retrouve les questions.**

Comment t'appelles-tu ? ....

.... ? Oui, je vais à l'école.

Quel âge as-tu ? ....

.... ? Je suis en CP.

35

Le verbe

Retiens bien

Le **verbe** est un mot qui indique ce que l'on fait.

Dans un dictionnaire, le verbe est toujours écrit à l'infinitif.

Classe ces activités du matin en les numérotant de 1 à 5.

○ Elle se lève.

○ Elle s'habille.

○ Elle va à l'école.

○ Elle se lave.

○ Elle prend son petit déjeuner.

Relie les verbes conjugués avec les verbes à l'infinitif.

elle se lave • • s'habiller

elle se lève • • aller

elle prend • • prendre

elle va • • se lever

elle s'habille • • se laver

Entraîne-toi

1 Complète les dessins avec les verbes suivants.

dessiner – chanter – manger – écrire – compter – lire

l.................................

d.................................

c.................................

c.................................

é.................................

m.................................

2 Voici quelques objets. Trouve des verbes qui indiquent ce que tu peux faire avec.

....

....

....

....

3 Recopie uniquement les actions qu'il peut y avoir quand tu fais du vélo.

je pédale – je conduis – je freine – je lis – je dors – je dérape

Je p

Je

Je

Je

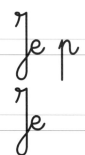

Les formes des verbes

Retiens bien

Le verbe est un mot qui indique ce que l'on fait ou ce que l'on est.

Avoir, chanter, venir, finir, être, courir, parler **sont des verbes.**

Le verbe aller :
je vais – tu vas – il va – nous allons – vous allez – ils vont

Le verbe parler :
je parle – tu parles – il parle – nous parlons – vous parlez – ils parlent

Complète les phrases avec les verbes de la liste.

joue – saute – discutent – fait – font – jouent

Omar et Sylvain .... au foot. Alice et Olivier .... une partie de billes.

Garance .... à la corde. Annick .... la ronde avec ses amies.

Julie .... à la marelle. Marie et Martin .... sur un banc.

As-tu remarqué ? Le même verbe peut s'écrire de manières différentes.

Joue et jouent n'ont pas le même sujet, c'est le verbe jouer.

Et le verbe faire ? Quels sont les deux manières dont il est écrit ?

....

Entraîne-toi

1 **Relie le sujet avec le verbe.**

Les enfants • • ont des cornes.

La gazelle et l'antilope • • imitent les animaux.

Le zébu aussi • • a des cornes.

Nolwenn • • imite le chimpanzé.

2 **Fais les bons accords avec le verbe** avoir**.**

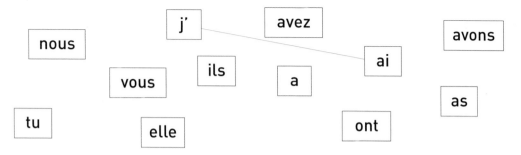

3 **Fais la même chose avec le verbe** être **et le verbe** faire**.**

fait •	• tu •	• suis
faisons •	• je •	• es
faites •	• elle, il •	• sommes
fais •	• elles, ils •	• est
font •	• vous •	• sont
	• nous •	• êtes

4 **Complète les lignes d'écriture.**

Hier, aujourd'hui, demain

Lis le texte à haute voix en remplaçant le numéro par le mot juste, les mots encadrés t'indiquent le temps.

Aujourd'hui, le (1) laboure les (2) avec le (3).

Pour traire sa (4) il fait comme dans le temps, à la main dans l'(5).

Le (6), les (7) et les (8) sont toujours en liberté dans la cour.

L'an prochain, il fera construire un nouveau hangar.

Les verbes changent avec le temps.

Hier, il a appelé sa vache.

Aujourd'hui, il appelle sa vache.

Demain, il appellera sa vache.

À toi maintenant.

Hier, j'ai regardé les moutons.

Aujourd'hui, ...

Demain, ...

Entraîne-toi

1 Colorie de la même couleur les mots qui indiquent le même temps.

passé   présent   futur

autrefois   maintenant   jadis

après   avant   hier

demain   aujourd'hui   pendant

2 Barre l'intrus.

HIER	AUJOURD'HUI	DEMAIN
Il est allé en ville.	Il tue le cochon.	Il ramènera le troupeau.
Elle a nourri les bêtes.	Il a été malade.	La récolte sera bonne.
Les moutons iront dans les prés.	Le fermier ramène le tracteur.	Les fruits sont mûrs.

3 Complète ces phrases avec les verbes suivants.

faudra – a blessé – demande – as – rôde – a aidée

Papi .... à sa petite-fille :

«Audrey, ... -tu fermé les clapiers ?

– Oui Papi, Mamie m'............................. .

– Ensuite, il .... vérifier les poules car le renard ....

encore. Il .... le jeune coq la semaine dernière.»

4 Complète la ligne d'écriture.

Il, elle, ils, elles

Retiens bien

Omar fait sa toilette : il prend une douche.

Nolwenn fait sa toilette : elle prend un bain.

Les enfants font leur toilette : ils sont dans la salle de bain.

« il » c'est Omar, « elle » c'est Nolwenn, « ils » ce sont les enfants.

Ce sont des **pronoms,** ils remplacent les noms ou les groupes du nom.

Remplace le groupe nominal (GN) par un pronom.

Nolwenn entre dans la parfumerie.

.... entre dans la parfumerie.

Son père a acheté du poisson.

.... a acheté du poisson.

Le magasin est fermé le lundi.

.... est fermé le lundi.

La petite boulangerie était restée ouverte.

.... était restée ouverte.

Retrouve le pronom qui convient.

.... aime.   .... sautent.

.... rugit.   .... rugissent.

.... ont faim.   .... est belle.

Entraîne-toi

1 **Remplace le groupe nominal par le pronom qui convient.**

[La neige] .... est poudreuse.

[Omar et Juliette] .... font de la luge.

[Nolwenn et Natacha] .... attendent au chalet.

[Natacha et Magali] .... iront faire du ski.

2 **Complète ces phrases avec il, ils, elle ou elles.**

Son frère attend son tour, ... reste devant la porte de la salle de

bain. Papa nous prépare le petit déjeuner, ... est dans la cuisine.

Maman est déjà partie, ... travaille de bonne heure. Mathilde et

Sylvain sont prêts, ... sortent. Nolwenn et Natacha aussi,

.... les rejoignent.

3 **Complète les lignes d'écriture.**

Le, la, l', lui, en...

Retiens bien

Le cycliste **remporte** la course. Il la **gagne**.

Le gardien **rattrape** le ballon. Il le **bloque**.

Le **cavalier et sa monture passent** tous les obstacles. Ils les **sautent**.

Le **plongeur tente** le triple saut périlleux. Il le **réussit**.

Le coureur de haies les **franchit toutes**.

Ces petits mots (la, le, les) t'évitent de répéter des mots ou un groupe de mots. Sans eux, voici par exemple ce que cela donnerait :

Le plongeur tente le triple saut périlleux. Le plongeur réussit le triple saut périlleux.

À ton tour

L'escrimeur **touche** son adversaire, ... bat.

Entraîne-toi

1 **Retrouve dans chaque phrase le nom que le mot bleu remplace.**

le bonnet – la raquette – la balle – la selle – le kimono

Ce joueur de tennis la tient dans sa main gauche.　　　　raquette

Le nageur l'enfile avant sa course.　　　　.......................

Le cavalier la contrôle régulièrement avant de monter.　　.......................

Le judoka le réajuste avant d'affronter son adversaire.　　.......................

Le goal la dégage vers les avants.　　　　.......................

---

2 **Retrouve la morale de la fable et recopie-la. Peux-tu deviner quel animal se cache derrière le mot en couleur ?**
Dans la fable de la Fontaine, cet animal a battu le lièvre.

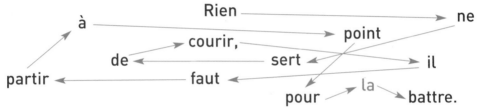

L'animal caché derrière la est la .... (mot de 6 lettres).

---

3 **Lis ce petit texte et indique qui est remplacé par tous les mots en couleur.**

Omar avait perdu sa petite sœur. Il vient juste de la retrouver. Il est tellement content qu'il l'embrasse et lui offre une glace.

la, l' et lui remplacent ....

---

4 **Complète la ligne d'écriture.**

L'adjectif

Retiens bien

L'**adjectif** est un mot qui donne une précision sur un nom.

Retrouve les mots qui manquent en indiquant le bon numéro. Les mots en couleur te donnent des renseignements sur ces mots manquants.

Après avoir mis une ⑦ orange, une ◯ verte et un ◯ noir à son bonhomme de neige, le jeune ◯ au ◯ rose joue aux boules de neige. Un vieux ◯ a été planté pour décorer le bonhomme de neige tout blanc. Au fond, le ◯ couvert de neige est face à la remontée mécanique.

Entraîne-toi

1 Place ces mots sous les dessins puis complète-les avec les adjectifs suivants. Attention, tu ne peux utiliser ces mots qu'une seule fois !

bonnet – gants – chaussures – casquette – verte – bleu – rouges – brunes

un ....

des ....

des ....

la ....

2 Retrouve les groupes du nom (déterminants, noms et adjectifs). Il y a plusieurs solutions, mais choisis-en une seule.

la •	• pentes •	• neufs
une •	• skis •	• poudreuse
les •	• neige •	• enneigées
des •	• skieuse •	• bruyant
un •	• groupe •	• débutante
une •	• saison •	• magnifique

47

Les mots invariables

Retiens bien

Il y a des mots qui ne changent jamais d'orthographe.

Ils s'écrivent toujours de la même façon : ce sont des mots **invariables**.

Retrouve les photographies grâce aux informations qui contiennent toutes un mot invariable.

- Heureusement, il y a encore des éléphants en Afrique.
- Il y a aussi des zèbres.

Entraîne-toi

1 **Range ces mots invariables dans leur boîte.**

pendant – toujours – depuis – longtemps – très – avant

T			

	V			

D				

		D			

		O			

		G				

2 **Complète ces phrases avec les mots invariables.**

maintenant – ensuite – avant

Prends ton petit déjeuner, ... tu iras ramasser des œufs.

Tu as ramassé des œufs, alors, ... je peux faire une omelette.

Mais .... il faut les battre.

3 **Complète les lignes d'écriture.**

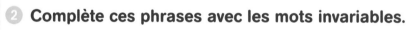

Bilan

1 **Retrouve l'infinitif des verbes conjugués.**

j'ai •

tu vas • • aller

nous avons • • avoir

vous allez •

---

2 **Place les verbes dans leur phrase : fais – jouent –attrape – faisons.**
Attention, un verbe est utilisé deux fois.

Ce groupe de filles .... à l'élastique.

Martine .... ses amies, elles .... à chat.

Je .... un cercle avec mes copains : nous .... une ronde.

---

3 **Retrouve le pronom qui convient.**
Il – Elles – Ils – Elle

.... a faim.   .... est belle.

.... sont patients.   .... sont restées là.

---

4 **Complète la carte postale que la maman d'Audrey lui a écrite avec les adjectifs de la liste.**

Ma petite fille

C'est ....

L'air est ....

Les gens sont ....

Je suis ....

de te revoir bientôt.

Je t'embrasse ....

Maman

Audrey Guiblet
19, rue du Menhir
44400 Les Lorinières

contente

sympathiques

pur

~~petite~~

magnifique

fort

Français

5 Utilise les mots suivants pour les écrire à côté des noms. Tu dois ne les écrire qu'une seule fois.

le – un – ce– des– quelques – deux – une – cette

...... bougie

...... crayons

...... verre

...... ciseaux

...... brosse

...... chaussures

...... gant

...... bonnet

6 Retrouve chaque personnage.

Pierre a un pantalon vert et un pull bleu.   •

Paul porte un pantalon bleu et un gilet vert. •

7 Mets les mots dans l'ordre et retrouve la phrase.

| fais | j' | Je | l' | exercice | car | ai | compris. |

Faire un portrait

Observe le portrait d'Henry, le copain d'Omar.

Voici ce que tu pourrais écrire :

C'est un garçon, il a les cheveux courts et bruns.

Ses yeux sont marron et il est bronzé.

Il porte des lunettes et un pull vert à col roulé.

Et... il a un gros nez !

**À toi maintenant.
Fais le portrait de cette enfant.**

C'est ....

Elle a ....

Ses yeux sont ....

Voici Aude, lis le texte et complète sa photo.

Aude est brune.

Ses cheveux sont courts et bouclés.

Elle a de grands yeux bleus.

Elle porte de petits anneaux aux oreilles.

Elle a aussi quelques tâches de rousseur sur les joues.

Entraîne-toi

1 **Tu peux écrire ou dessiner le portrait de beaucoup de choses ou de personnes.**
Observe la photographie et, en quatre petites phrases, fais un portrait.

Quelques mots pour t'aider : poils – truffe- oreille – chien

C'est ....

....

....

....

....

....

2 **Complète ce portrait de chevalier avec les mots de la liste.**

argentée – lance – jeune – grand – selle –
plumet – épée – droite – fière – armure

C'est un .... chevalier. Il porte

une armure .... et un heaume

avec un .... rouge.

Il serre sa .... dans la main

.... Il a .... allure.

Il porte son .... à la ceinture.

Son cheval lui aussi a une ....

et un .... tissu jaune sous

la ....

3 **Complète la ligne d'écriture.**

Une règle de jeu

L'araignée
(un jeu de cour idéal)

JOUEURS

• 1 araignée

• des insectes

RÈGLE

• Les insectes poursuivis par l'araignée doivent faire le tour du terrain.

• Les insectes attrapés sont enfermés dans la toile. Ils gênent les insectes non attrapés mais ne les touchent pas.

• Le dernier insecte devient l'araignée dans la partie suivante.

On lit une règle de jeu pour pouvoir jouer.

Où sont gardés les insectes attrapés ?

....

Comment les insectes doivent-ils courir ?

....

Invente une nouvelle règle et complète la phrase.

Pour attraper les insectes, l'araignée doit ....

....

Entraîne-toi

1 Voici un jeu de société. Tu peux y jouer dans ta chambre avec tes amis.
Donne le numéro des cases correspondantes.

Tu te reposes
sur des coussins,
tu passes 1 tour : ....

Tu es tombé
dans le puits,
tu passes 2 tours : ....

Pour sortir de prison
tu dois faire un double : ....

Un lièvre, tu rejoues : ....

Un stop, tu retournes
à la case départ : ....

Une rivière,
tu recules de 2 cases : ....

....

Le feu, tu vas
sur la case 20 : ....

2 Voici des objets qui peuvent servir dans certains jeux.
Complète ces phrases avec le bon numéro.

Pour jouer à la bataille, tu as besoin d'un jeu de ☐.

Au jeu de dada, les pions ont la forme de ☐.

Au jeu de l'oie, tu dois lancer les ☐ pour jouer.

Dans beaucoup de jeux, tu dois déplacer un ☐.

Les recettes

Retiens bien

Une **recette** est l'ensemble des explications pour préparer, cuisiner un plat.

Ce sont des consignes qu'il faut suivre dans l'ordre.

Écris la liste des ingrédients qu'il faut pour cette recette.

Clafoutis poire / chocolat

— Lave-toi bien les mains avant de commencer.

— Allume le four (thermostat 6 - 200 °C).

— Graisse un plat à gratin avec le beurre.

— Coupe le chocolat en petits morceaux.

— Épluche les poires, coupe-les en quatre et enlève le cœur de chaque quartier.

— Pose-les dans un plat.

— Casse les œufs dans un saladier.

— Ajoute la crème et le sucre.

— Bats et mélange avec un fouet.

— Dépose le chocolat sur les poires.

— Verse le contenu du saladier dessus.

— Mets au four pendant 40 minutes.

C'est prêt !

INGRÉDIENTS

– une noisette de ....

– une plaquette de ....

– 2 ....

– 3 ....

– 1 pot de ....

– 150 g de ....

Entraîne-toi

Observe les dessins et écris la recette.

Temps de
cuisson :
20 minutes

Ingrédients
• pâte à tarte
• compote de pommes
• pommes

Ustensiles
• rouleau à pâtisserie
• moule à tarte
• couteau
• petite fourchette

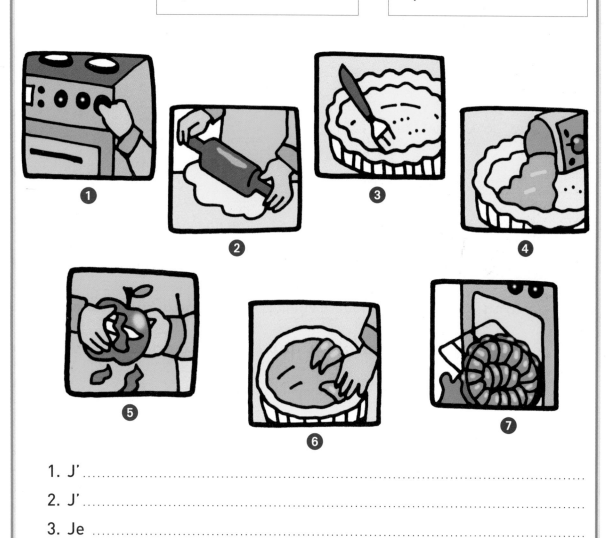

1. J' ....

2. J' ....

3. Je ....

4. Je ....

5. J' ....

6. Je ....

7. Je ....

Écrire une lettre

Retiens bien

Lorsque tu écris une **lettre**, c'est pour donner de tes nouvelles ou en demander à quelqu'un.

Écrire une lettre, c'est s'adresser à quelqu'un par écrit.

Il faut que tu penses à plusieurs choses : on te l'explique dans cet exemple.

Les Sorinières, le 2 juin

Cher parrain,

Je suis à la mer avec la classe. Le premier jour nous nous sommes promenés dans le port de plaisance et le long de la jetée. Nous sommes allés jusqu'au phare pour regarder les chalutiers qui entraient dans le port de pêche.

Je te fais un énorme bisou.

Audrey

À qui est adressée cette lettre ? ....

Quel jour a-t-elle été écrite ? ....

Qui l'a écrite ? ....

Entraîne-toi

1 Observe le dessin et indique dans les ronds le bon numéro.

- ◯ plage
- ◯ jetée
- ◯ falaise

- ◯ port de pêche
- ◯ vagues
- ◯ quai

- ◯ port de plaisance
- ◯ phare
- ◯ bouée (balise)

Imagine que tu es en vacances et que tu vois ce paysage de ta chambre.
Écris à quelqu'un de ta famille en parlant de ce bord de mer.

....

....

....

....

....

---

2 Comme sur la carte postale, écris ton nom et ton adresse.

Je suis à la mer avec
la classe. Il pleut un
peu mais c'est super.
Plein de bisous.

Xavier

Natacha Nicolas
Les Villairs
16170 Rouillac

....

....

....

....

Les ensembles

Retiens bien

On peut ranger ensemble des objets de même famille ou qui se ressemblent.

Exemples :

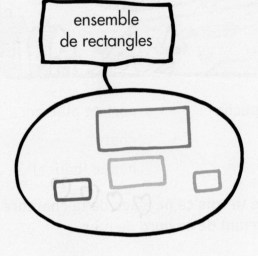

ensemble
de rectangles

ensemble
d'animaux

Applique la règle

Entoure les autres noms de fruits de cette liste.
Dessine ces fruits dans l'ensemble.

voiture, (pomme), cheval, (cerise,) (fraise,) poisson

fruits

Entraîne-toi

1 Entoure les lettres en bleu et les chiffres en rouge.

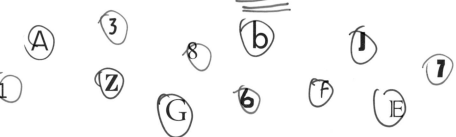

2 Rajoute les lunes et les cœurs nécessaires pour compléter les ensembles.

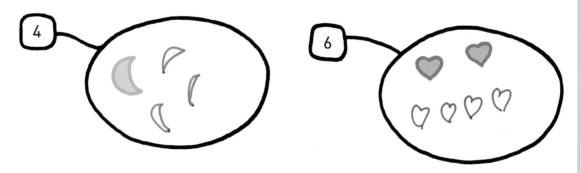

3 Parmi les éléments des deux premiers ensembles, quels sont ceux qui peuvent aller dans le troisième ?
Dessine une flèche pour les y envoyer.

blanc

jaune

LAIT

Je suis un animal.

Les nombres de 0 à 20

Retiens bien

Les nombres de 0 à 20 sont :

1	un	*un*	
2	deux	*deux*	
3	trois	*trois*	
4	quatre	*quatre*	
5	cinq	*cinq*	
6	six	*six*	
7	sept	*sept*	
8	huit	*huit*	
9	neuf	*neuf*	
10	dix	*dix*	

11	onze	*onze*	
12	douze	*douze*	
13	treize	*treize*	
14	quatorze	*quatorze*	
15	quinze	*quinze*	
16	seize	*seize*	
17	dix-sept	*dix-sept*	
18	dix-huit	*dix-huit*	
19	dix-neuf	*dix-neuf*	
20	vingt	*vingt*	

Les chiffres écrits en rouge représentent le nombre de dizaines :

10 → 1 dizaine

20 → 2 dizaines

Applique la règle

Certains nombres ont disparu. Retrouve-les.

1   2   3   4   5...   6   7...   8

Entraîne-toi

1 Relie chaque nombre avec son nom.

1   deux   trois   4

3   un   2   quatre

---

2 Entoure le chiffre des dizaines.

 14   20   16   17   13   19   12   10

---

3 Dessine sur l'arbre le nombre de feuilles indiqué.

20 feuilles

---

4 Dessine les perles qui manquent.

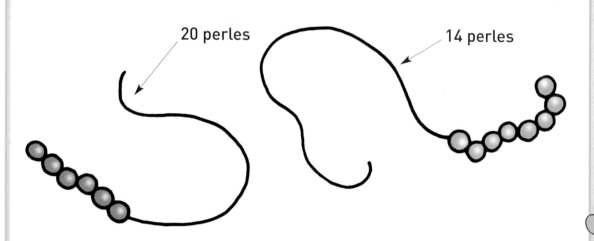

20 perles   14 perles

Les nombres de 20 à 70

Retiens bien

Les nombres de 20 à 70 sont :

20	30	40	50	60	70
21	31	41	51	61	
22	32	42	52	62	
23	33	43	53	63	
24	34	44	54	64	
25	35	45	55	65	
26	36	46	56	66	
27	37	47	57	67	
28	38	48	58	68	
29	39	49	59	69	

Applique la règle

Regarde bien l'exemple, puis complète avec le nombre précédent et le nombre suivant.

Exemple : 29 30 31   38   39   70

54 55 56   59   60 61

Mathématiques

Entraîne-toi

1 Relie les nombres avec leur écriture.

50 • • soixante-dix

40 • • trente

30 • • cinquante

70 • • quarante

---

2 Entoure en rouge le chiffre des dizaines
et en bleu le chiffre des unités.

 31   40   49   26

 66   27   50   44

---

3 Relie l'écriture au nombre correspondant.

Quatre dizaines cinq unités • • 54

Cinq dizaines quatre unités • • 45

---

4 Certains numéros ont été effacés. Peux-tu les retrouver ?

Mathématiques

Les nombres de 70 à 100

Retiens bien

Les nombres de 70 à 100 sont :

70	80	90	100
71	81	91	
72	82	92	
73	83	93	
74	84	94	
75	85	95	
76	86	96	
77	87	97	
78	88	98	
79	89	99	

Applique la règle

Dans cette suite de nombres, certains ont disparu.
Peux-tu les retrouver ?

71 72 73 74 75 76 77 78 79 *80* 81 82 83 *84* 85

86 87 *88* 89 90 91 92 *93* 94 95 96 *97* 98 *99* 100

Entraîne-toi

1 **Relie le nombre avec son écriture.**

80	quatre-vingt-dix
90	soixante-deux
71	quatre-vingts
62	soixante et onze

2 **Écris les nombres.**

Cinq dizaines trois unités : 53

Six dizaines trois unités : 63

3 **Comme dans l'exemple, écris les nombres dans le tableau.**

81 – 75 – 70 – 95 – 90

	Dizaines	Unités
Exemple : 85	8	5
	6	1
	7	5
	7	0
	9	5
	9	0

4 **Relie les ensembles identiques.**

60 · 15

96

75

80 · 16

Les signes = et ≠

Mathématiques

Retiens bien

when

Lorsque deux nombres (ou deux quantités) sont les mêmes, on dit qu'ils sont **égaux**.

On utilise alors le signe =.

  Exemple : 5 = 4 + 1

Sinon, on utilise le signe ≠. On dit alors que les deux nombres ne sont pas égaux ou qu'ils sont **différents**.

  Exemple : 5 ≠ 4

then

Applique la règle

**Ces nombres sont-ils égaux ou différents ?
Complète par le signe = ou ≠.**

  8 ≠ 7

  2 + 2 ..=... 4

3 + 1 ..≠... 5

4 + 0 ..=... 4

1 Compte le nombre de perles sur chaque collier
et complète avec le signe = ou ≠.

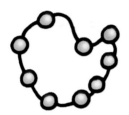 

2 Dessine ce qu'il manque pour que l'égalité soit vraie.

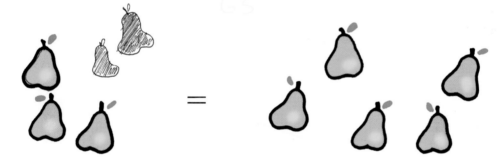

3 Barre ce qu'il y a en trop d'un côté pour que l'égalité soit vraie.

4 Complète par le signe = ou ≠.

$3 + 1 \;\underline{=}\; 1 + 3$ $2 + 1 \;\underline{=}\; 3 + 0$

$5 + 1 \;\underline{\neq}\; 3 + 4$ $6 + 1 \;\underline{\neq}\; 2 + 2$

L'ordre croissant et l'ordre décroissant

Retiens bien

Les nombres peuvent être rangés **du plus petit vers le plus grand.**
On dit alors qu'ils sont dans l'**ordre croissant.**

Exemple : 2 < 5 < 10 < 12

Les nombres peuvent être rangés **du plus grand vers le plus petit.**
On dit alors qu'ils sont dans l'**ordre décroissant.**

Exemple : 12 > 10 > 6 > 3

Applique la règle

Dans ce magasin, les jouets doivent être rangés du moins cher au plus cher. Peux-tu aider le vendeur à ranger son magasin ?

Mathématiques

1 Relie les points dans l'ordre décroissant, en partant du plus grand et en allant vers le plus petit.

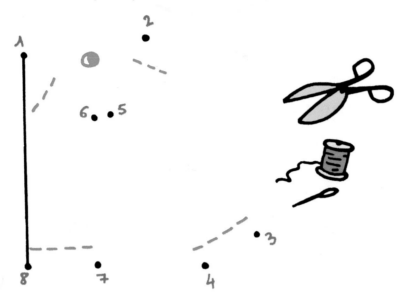

2 Classe les nombres suivants dans l'ordre croissant.

9 – 7 – 10 – 3

.... < .... < .... < ....

8 – 6 – 10 – 11

.... < .... < .... < ....

3 Classe les nombres suivants dans l'ordre décroissant.

9 – 7 – 10 – 1 – 6 – 12

.... > .... > .... > .... > .... > ....

4 Barre dans chacune des listes le nombre qui n'est pas à sa place.

4 < 5 < 6 < 3

5 < 8 < 6 < 7

Les signes < et >

Retiens bien

Si un nombre est plus grand ou plus petit qu'un autre, on utilise les signes < et >.

Exemple :   2 est plus grand que 1. Cela s'écrit : 2 > 1

1 est plus petit que 2.
Cela s'écrit : 1 < 2

L'éléphant est un animal plus grand que la tortue.

Applique la règle

Complète les phrases avec « grand » ou « petit », < ou >.

3 est plus .... que 9.   18 est plus .... que 13.

Cela s'écrit 3 .... 9.   Cela s'écrit 18 .... 13.

Le serpent est un animal plus petit que l'hippopotame.

Mathématiques

Entraîne-toi

1 Écris un nombre plus petit à chaque fois.

.... < 4 .... < 15

.... < 11 .... < 5

---

2 Deux erreurs se sont glissées. Barre-les.

7 > 9 13 > 12

2 < 3 18 < 17

---

3 Complète par les signes < ou >.

3 .... 5 13 5

7 .... 9 15 21

---

4 Complète par les signes <, > ou = .

 .... 4 + 5

 .... 4 + 5

 .... 3 + 4

 .... 5 + 4

Bilan

Mathématiques

1 Écris le nombre qui est juste avant et celui qui est juste après.

.... – 10 – ....

.... – 69 – ....

.... – 29 – ....

.... – 49 – ....

2 Écris ces nombres en chiffres.

douze : ....

dix-sept : ....

vingt-huit : ....

trente-deux : ....

quarante-six : ....

cinquante-cinq : ....

soixante-dix : ....

quatre-vingts : ....

3 Complète par les signes < ou >.

8 10   27 19

10 15   45 54

4 Complète les additions par = ou ≠.

3 + 2 6   6 + 1 7

2 + 7 10   3 + 8 11

5 **Range les nombres suivants dans les ensembles.**

40 – 5 – 10 – 8 – 11 – 20 – 1 – 35

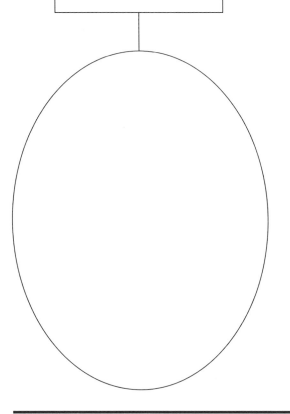

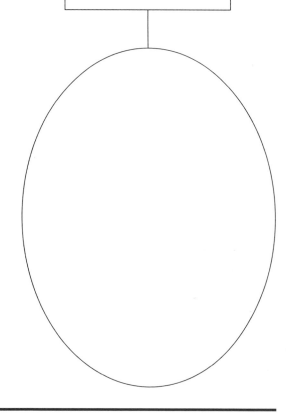

---

6 **Classe les nombres suivants dans l'ordre croissant.**

6 – 11 – 16 - 2

.... < .... < .... < ....

---

7 **Classe les nombres suivants dans l'ordre décroissant.**

12 – 2 – 31 – 20

.... > .... > .... > ....

Mathématiques

Opération Fiche 8

Retiens bien

Pour **ajouter** des nombres ou des quantités les unes aux autres, on utilise une opération qui s'appelle **l'addition**.
Le signe de cette opération est +.

Exemple : cinq plus deux égale sept.
                5   +   2   =   7

Applique la règle

Écris les résultats (tu peux t'aider avec tes doigts).

4 + 1 = ...

4 + 2 = ...

2 + 1 = ...

4 + 4 = ...

Entraîne-toi

1 Une de ces additions est fausse. Barre-la.

$$4 + 3 = 7$$

$$5 + 1 = 7$$

2 Relie avec une flèche l'opération avec son résultat.

$2 + 2 =$ •   •   8

$6 + 3 =$ •   •   4

$7 + 1 =$ •   •   6

$4 + 2 =$ •   •   9

3 Calcule le nombre de billes dans chaque grand sac.

.... + ... = ... + ... + ... =

4 Entoure les additions dont le résultat est 6 (il y en a 2).

$$3 + 2 = \qquad\qquad 2 + 0 =$$

$$1 + 2 = \qquad\qquad\qquad\qquad 3 + 3 =$$

$$4 + 2 =$$

L'addition (problèmes)

Mathématiques

Retiens bien

L'addition peut t'aider à trouver la solution de certains problèmes.

Exemple : Combien y a-t-il de fleurs ?

2   +   3   =   5

Il y a 2 fleurs dans le premier vase et 3 dans le deuxième.

→ 2 + 3 = 5   Donc, il y a 5 fleurs.

Applique la règle

Calcule le nombre de fleurs.

Tu dois d'abord compter le nombre de fleurs dans chaque bouquet puis les additionner.

3   + ...   + ...   = ...

Entraîne-toi

1 Combien d'argent maman a-t-elle dans son porte-monnaie ?

Opération : .... + ... + ... + ... = ...

Solution : ....

---

2 Complète les suites suivantes.

1 – 3 – 5 – 7 – .... – .... – .... – ....

0 – 3 – 6 – 9 – .... – .... – .... – ....

---

3 Combien l'archer a-t-il marqué de points ?

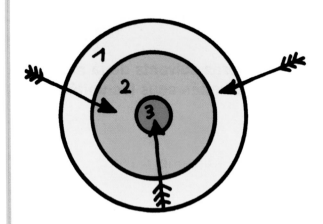
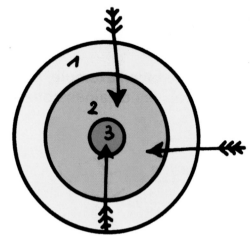

.... + ... + ... = ... + ... + ... = ...

L'archer a marqué .... points.   L'archer a marqué .... points.

L'addition en colonnes

Retiens bien

L'addition peut s'écrire en colonnes (ou en hauteur). Cela te permet de calculer des opérations plus difficiles en utilisant les tables d'addition.

Exemple :

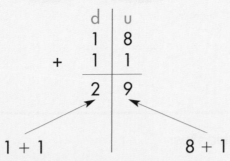

```
    d │ u
    1 │ 8
+   1 │ 1
  ──────
    2 │ 9
```

1 + 1   8 + 1

On additionne les unités entre elles et les dizaines entre elles.
Attention à bien poser les unités sous les unités,
les dizaines sous les dizaines.

Applique la règle

Regarde bien l'exemple, puis écris les nombres suivants de la même manière : les dizaines sous les dizaines, les unités sous les unités.

	d	u	
14	1	4	1 dizaine, 4 unités
17	....	....	....
18	....	....	....
22	....	....	....
35	....	....	....

Entraîne-toi

1 **Barre l'addition qui est mal posée.**

d	u
2	1
+ 3	2
....	....

d	u
1	2
+ 4	
....	....

2 **Calcule les additions suivantes.**

d	u
1	2
+ 1	1
....	....

d	u
1	5
+ 1	2
....	....

3 **Pose les additions suivantes et calcule le résultat.**

12 + 23 =

d	u
....	....
+	....
....	....

22 + 33 =

d	u
....	....
+	....
....	....

4 **Complète ces additions.**

d	u
1	2
+	3
3	5

d	u
....	1
+ 1	2
2	3

d	u
2	....
+ 2	1
4	2

d	u
3	1
+ 1	....
4	6

Les additions à trous

Retiens bien

Les additions à trous sont des opérations où il manque un ou plusieurs chiffres.

Exemple : $2 + \ldots\ldots = 3$

Il manque le chiffre 1 pour que l'addition soit exacte.

 + ? =

Applique la règle

Dessine les perles qui manquent.

+ =

+ =

Mathématiques

Entraîne-toi

1 Entoure la bonne réponse parmi les trois proposées.

$$5 + 1 = \begin{matrix} 6 \\ 7 \\ 4 \end{matrix} \qquad\qquad 3 + 5 = \begin{matrix} 4 \\ 8 \\ 2 \end{matrix}$$

2 Complète les étiquettes.

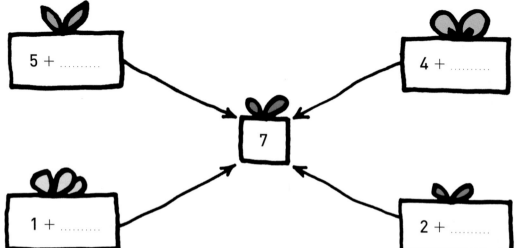

5 + ...

4 + ...

7

1 + ...

2 + ...

3 Complète les additions en lignes.

$5 + $ .... $ = 8$ $\qquad\qquad 7 + $ .... $ = 8$

$2 + $ .... $ = 8$ $\qquad\qquad 3 + $ .... $ = 8$

4 Complète les additions en colonnes.

```
   ...  2              2   1
 +  1   1            +  1   ...
 ─────────          ─────────
    2   3              3   5
```

**Opérations
Fiche 12**

Retiens bien

Pour bien calculer mentalement (sans les écrire) des additions, il faut connaître les **tables d'addition.**

Exemple : Table d'addition de 1

1 + 1 = 2
1 + 2 = 3
1 + 3 = 4
1 + 4 = 5
1 + 5 = 6
1 + 6 = 7
1 + 7 = 8
1 + 8 = 9
1 + 9 = 10

Applique la règle

Récris la table de 1.

Mathématiques

Entraîne-toi

1 Complète la table de 2.

$$2 + 1 = 3 \qquad\qquad 2 + 6 = 8$$
$$.... + 2 = 4 \qquad\qquad 2 + 7 = 9$$
$$2 + 3 = 5 \qquad\qquad 2 + 8 = 10$$
$$2 + 4 = ... \qquad\qquad 2 + ... = 11$$
$$2 + 5 = 7 \qquad\qquad .... + 10 = 12$$

2 Écris les résultats de la table de 3.

$$3 + 1 = 4 \qquad\qquad 3 + 6 = ...$$
$$3 + 2 = ... \qquad\qquad 3 + 7 = ...$$
$$3 + 3 = ... \qquad\qquad 3 + 8 = ...$$
$$3 + 4 = ... \qquad\qquad 3 + 9 = 12$$
$$3 + 5 = ... \qquad\qquad 3 + 10 = ...$$

3 Écris seul(e) la table de 4.

....

....

....

....

....

4 À l'aide des tables d'addition, complète les opérations.

$$1 + ... = 3 \qquad\qquad 3 + ... = 7$$
$$2 + ... = 5 \qquad\qquad 4 + ... = 9$$
$$1 + ... = 9 \qquad\qquad 2 + ... = 8$$
$$3 + ... = 10 \qquad\qquad 4 + ... = 10$$

Bilan

1 Écris le résultat des opérations.

$3 + 5 =$ ...... $8 + 1 =$ ......

$4 + 4 =$ ...... $3 + 6 =$ ......

2 Pose et effectue les opérations suivantes.

$24 + 31 =$ d | u

$+$ .... | ....
     .... | ....
     ────────
     .... | ....

$42 + 15 =$ d | u

$+$ .... | ....
     .... | ....
     ────────
     .... | ....

$16 + 13 =$ d | u

$+$ .... | ....
     .... | ....
     ────────
     .... | ....

$27 + 31 =$ d | u

$+$ .... | ....
     .... | ....
     ────────
     .... | ....

3 Complète les additions.

$2 +$ .... $= 8$ $3 +$ .... $= 7$

.... $+ 5 = 9$ .... $+ 9 = 11$

4 Écris de mémoire la table d'addition de 4.

....

....

....

....

....

5 **Résous ce problème.**

Carmen a acheté un pain à 2 euros et un gâteau à 4 euros.

Combien d'argent a-t-elle dépensé ?

Solution	Opération
Carmen a dépensé .... euros.	

6 **Complète les additions.**

```
  2  3           ...  6          2  ...
+ ... 2        +  6  3        + ... 4
 ─────          ─────          ─────
  4  5           9  9          7  6


  3  ...          ...  7          ...  5
+ ... 4        +  1  ...       +  4  ...
 ─────          ─────          ─────
  8  7           1  9          6  5
```

Mathématiques

Se repérer dans l'espace

Retiens bien

Pour dire où l'on se trouve, on utilise différents mots : sur, sous, dedans, dehors, devant, derrière, à côté.

Exemples :

 sur la tête

 sous le chapeau

dedans

derrière

devant

à côté

Applique la règle

Barre le mauvais dessin.

La pomme est sur la table.

Entraîne-toi

1 Dessine trois poissons dans l'aquarium.

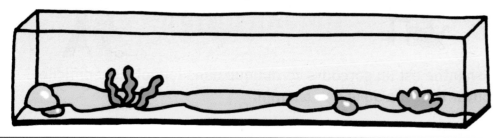

2 Dessine le chauffeur à côté de sa voiture.

3 Relie les phrases avec leur dessin.

Arthur est devant le tableau. •   •

Arthur est derrière le tableau. •   •

Retiens bien

Un **labyrinthe** est un parcours compliqué dans lequel il est difficile de trouver la sortie ou le bon chemin.

Applique la règle

Trace en bleu le chemin que Yann doit prendre pour aller à l'école.

Entraîne-toi

1 Trace le chemin que doit prendre la souris pour manger le fromage.

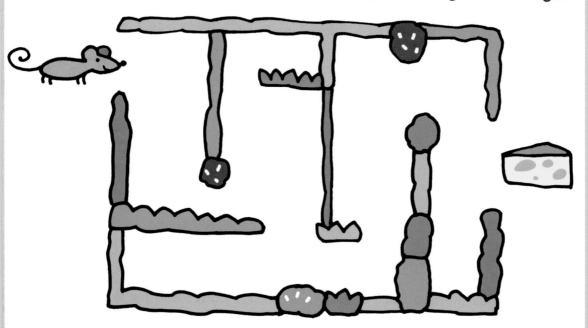

2 Qui fait quoi ?

Colorie en rouge le T-shirt du footballeur, en bleu le T-shirt du cycliste, en jaune le T-shirt du joueur de tennis.

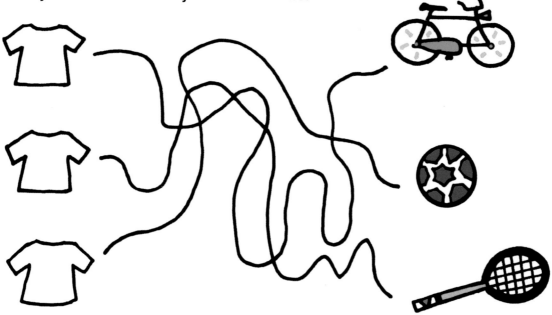

Les quadrillages

Retiens bien

Un **quadrillage** sert à se repérer sur une feuille.
On peut se déplacer sur la feuille en utilisant le quadrillage.

Exemple :

Le chemin est ↑ → ↓ → .

On peut mettre un nombre devant des flèches pour indiquer la longueur du déplacement dans ce sens.

Exemple :   2 →   3 ↑   signifie → → ↑ ↑ ↑

Applique la règle

Déplace le marcheur comme on te le demande.

↑ → → → ↓

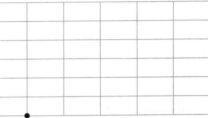

Mathématiques

Entraîne-toi

1 Reproduis le dessin sur le quadrillage.

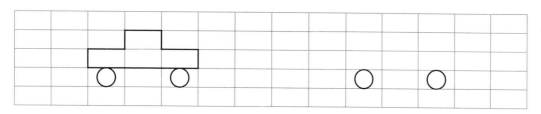

2 Écris les chemins en mettant les nombres.

↑ ↑ → →   devient   2 ↑ 2 →

→ → → ↑ ↑   devient   ....

← ← ← ↓ ↓ ↓ devient ....

3 Trace le chemin suivant en partant de l'étoile.

3 ↑   2 →   1 ↓

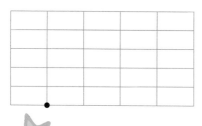

4 Écris les chemins.

Chemin rouge ....

Chemin vert ....

Les tableaux à double entrée

Retiens bien

Pour lire un tableau à double entrée, on cherche le croisement entre une ligne et une colonne.

Exemple :

Le croisement de la ligne des ronds et de la colonne du rouge donne un rond rouge.

Les tableaux à double entrée peuvent servir pour écrire des opérations.

+ ⟋	1	2	3
1	2 (1 + 1)	3 (1 + 2)	4 (1+3)
2	3 (2 + 1)	4 (2 + 2)	5 (2+3)

Applique la règle

Complète ce tableau à double entrée.

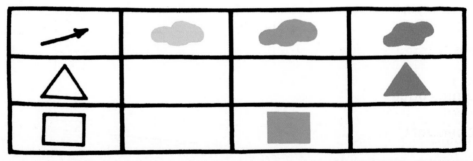

Mathématiques

Entraîne-toi

1 Que vois-tu dans les cases indiquées ? Regarde bien le numéro des cases en haut à gauche puis complète comme dans l'exemple.

➚	☀	♡	☾
	1 ☀	2 ♡	3 ☾
	4 ☀	5 ♡	6 ☾

Exemple : Case n° 1 → un soleil rouge

Case n° 3 → ....

Case n° 5 → ....

Case n° 6 → ....

2 Écris directement le résultat dans les cases sans écrire l'opération.

+ ➚	1	2
3	....	....
2	....	....

3 Fais une croix dans la bonne colonne.

➚	Garçon	Fille
Christelle		
Cécile		
Julien		
Nicolas		

Les figures simples

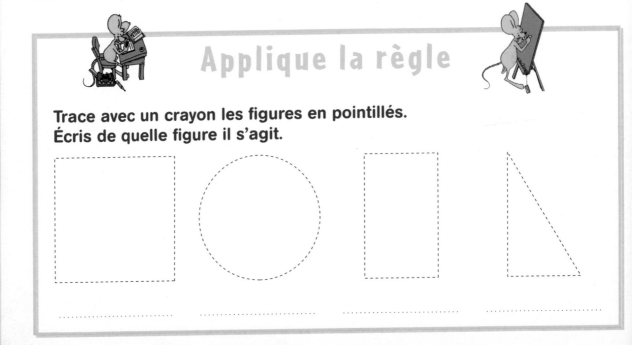

Mathématiques

Géométrie
Fiche 17

Retiens bien

Les figures géométriques simples sont :

les **cercles**

les **triangles**

Ils ont 3 côtés
et 3 sommets.

← sommet

les **rectangles**

Ils ont 4 côtés
et 4 sommets.

les **carrés**

Ils ont 4 côtés égaux (de la même longueur)
et 4 sommets.

Applique la règle

Trace avec un crayon les figures en pointillés.
Écris de quelle figure il s'agit.

....

Entraîne-toi

1 Colorie les cercles en bleu 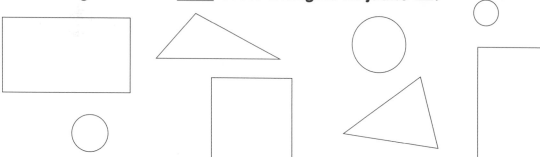, les carrés en rouge ,
les rectangles en vert et les triangles en jaune .

2 Entoure les sommets des figures suivantes.
Marque leur nombre en dessous.

Exemple :

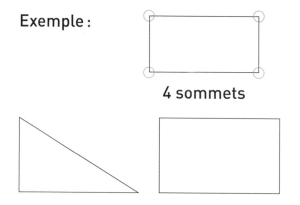

4 sommets

....

3 Sur ce dessin, combien y a-t-il de carrés ? de triangles ? de cercles ?
de rectangles ?

Il y a .... carrés.

Il y a .... triangles.

Il y a .... cercles.

Il y a .... rectangles.

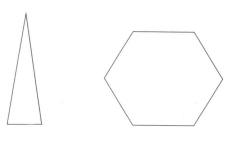

Retiens bien

Pour dessiner des traits droits on utilise une **règle**.

Applique la règle

Trace avec une règle un trait qui passe par les deux points.

Mathématiques

Entraîne-toi

1 Repasse sur les pointillés avec une règle.

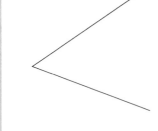

2 Ferme les formes géométriques suivantes avec un trait tiré à la règle.

3 Reproduis avec la règle les figures en suivant le quadrillage.

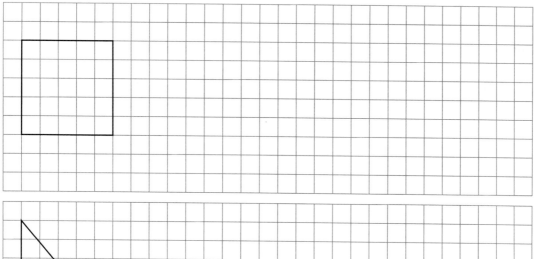

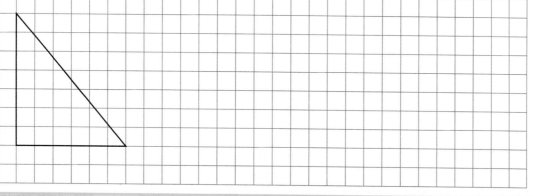

Bilan

1 Colorie en bleu le lapin qui est devant la maison, en vert le lapin qui est sous l'arbre, en jaune le lapin qui est à côté de la maison.

---

2 Trace le chemin sur le quadrillage.

3 ↑   3 →   1 ↓   2 ←

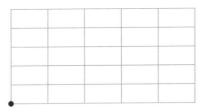

---

3 Trace le chemin que David doit suivre pour sortir de la forêt.

4 Complète le tableau.

+ ➤	1	2	3	4
2	....	....	....	....
3	....	....	....	....

5 Reproduis avec la règle les figures sur le quadrillage.

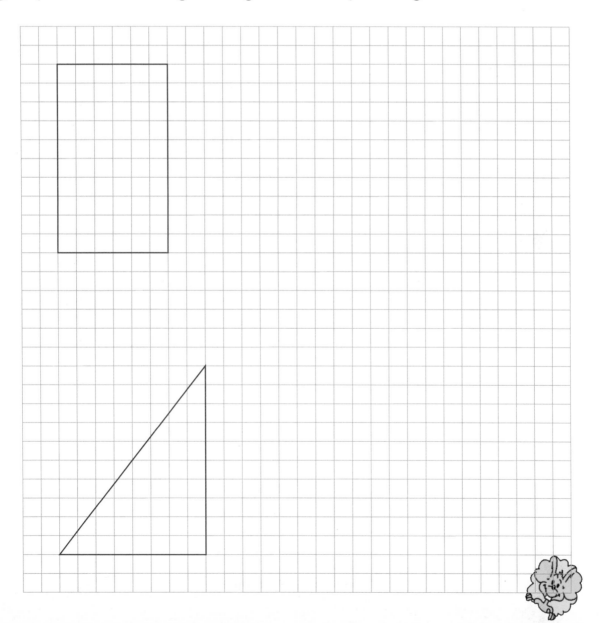

Mathématiques

Retiens bien

Le temps se mesure en années, en mois, en semaines et en jours.
Les 7 jours de la semaine sont :

dimanche
lundi
mardi
mercredi
jeudi
vendredi
samedi

Les 12 mois de l'année sont :

janvier	juillet
février	août
mars	septembre
avril	octobre
mai	novembre
juin	décembre

Mathématiques

Applique la règle

Complète la semaine.

dimanche – lundi – .... – mercredi – ....

.... – ....

MERCREDI
DANSE

VENDREDI
MUSIQUE

SAMEDI
PISCINE

Entraîne-toi

1 Récris les durées suivantes de la plus courte à la plus longue.

année   semaine   mois   jour

.... < .... < .... < ....

---

2 Écris ta date de naissance.

L'année : ....

Le mois : ....

Le jour du mois : ....

---

3 Complète le tableau en t'aidant de la leçon.

avant	ce mois-ci	après
	février	
	juin	
	décembre	
	octobre	

---

4 Cherche dans un calendrier quels sont les mois qui ont 30 jours, 31 jours. Attention, il existe un mois qui a 28 ou 29 jours. Remplis le tableau.

mois à 28 ou 29 jours	mois à 30 jours	mois à 31 jours

Les longueurs

Retiens bien

Tout comme le temps, une longueur ou une hauteur peut être mesurée.

Pour mesurer une taille, on utilise les **mètres** et les **centimètres**.

Exemple : Pascale mesure 1 mètre et 10 centimètres.

Pour mesurer une distance entre deux endroits, on utilise plutôt les **kilomètres**.

Exemple : Pour aller au bord de la mer, Éric a parcouru 500 kilomètres.

Applique la règle

Qui est le plus grand ? Entoure-le.

Mathématiques

Entraîne-toi

1 **Classe les arbres du plus petit au plus grand.**

Tu donneras le numéro 1 au plus petit, ainsi de suite jusqu'à donner le numéro 4 au plus grand.

2 **Écris sous chaque trait le nombre de carreaux qu'il mesure.**

3 **Dessine sur le quadrillage quatre traits qui mesurent chacun :**

en rouge 2 carreaux, en violet 1 carreau, en vert 4 carreaux et en jaune 3 carreaux. Respecte bien le code des couleurs !

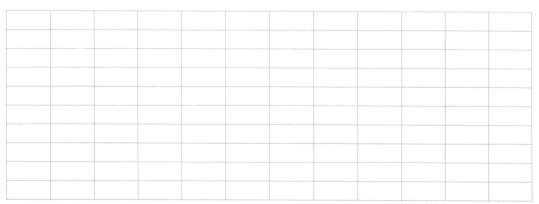

Les masses

Retiens bien

Pour se peser, on monte sur une balance.
La balance nous dit de combien est notre masse en **kilogrammes**.

Applique la règle

Quel animal te semble être le plus lourd ? Entoure-le.

Mathématiques

Entraîne-toi

1 **Barre le sac de billes le plus léger.**

---

2 **Classe les objets du plus léger au plus lourd.**

Tu donneras le numéro 1 au plus léger, ainsi de suite jusqu'à donner le numéro 4 au plus lourd.

Numéro .... Numéro .... Numéro .... Numéro ....

---

3 **Résous ce problème.**

Magalie pèse 40 kilogrammes.
Son vélo pèse 10 kilogrammes.
Combien pèsent ensemble Magalie et son vélo ?

Opération :	Phrase réponse :
	Magalie et son vélo pèsent ensemble
	.... kilogrammes.

Bilan

1 **Écris le jour qui vient juste avant et celui qui vient juste après.**

.... – dimanche – ....

.... – mardi – ....

.... – lundi – ....

.... – vendredi – ....

2 **Entoure les longueurs en vert, les masses en rouge et les temps en bleu.**

Je pèse 17 kg.

Il mesure 1 mètre.

Nous sommes en mai.

Je l'ai vu hier.

3 **Classe les objets du plus petit au plus grand. Tu donneras le numéro 1 au plus petit, ainsi de suite jusqu'à donner le 4 au plus grand.**

Numéro ....   Numéro ....   Numéro ....   Numéro ....

4 **Résous ce problème.**

Aude pèse 24 kg. Elle monte sur les épaules de son papa qui pèse 71 kg.
Quelle masse va indiquer la balance sur laquelle le papa est monté ?

Opération :	Phrase réponse :

5 **Un mois mesure 2 carreaux. Dessine une année.**

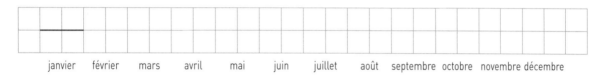

| janvier | février | mars | avril | mai | juin | juillet | août | septembre | octobre | novembre | décembre |

1 Le calendrier d'une année

Voici le calendrier d'une **année civile** : il commence au mois de **janvier** et se termine au mois de **décembre**.

"ANO-PLANING" 2003 (Marque Déposée)

	JANVIER (01)	FÉVRIER (02)	MARS (03)		AVRIL (04)	MAI (05)	JUIN (06)
2003	Dominante*	Dominante*	Dominante*	2003	Dominante*	Dominante*	Dominante*
1	M NOUVEL AN *1*	S ●	S Fête des Grands-Mères (F)	1	M ●	FÊTE DU TRAVAIL ●	D
2	J ●	D	D Grands-Mères (F)	2	M	V	L *23*
3	V	L *6*	L ●	3	J	S	M
4	S	M	M Mardi-Gras *10*	4	V	D	M
5	D Épiphanie	M	M Cendres	5	S	L *19*	J
6	L *2*	J	J	6	D	M	V
7	M	V	V	7	L *15*	M	S ☽
8	M	S	S	8	M	FIN DE LA GUERRE 1939/1945 EN EUROPE J	D PENTECÔTE
9	J	D ☽	D ☽	9	M	V ☽	L DE PENTECÔTE
10	V ☽	L *7*	L *11*	10	J	Fête des Mères (B - CH) D	M *24*
11	S	M	M ☽	11	V	D	M
12	D	M	M	12	S	L *20*	J
13	L *3*	J	J	13	D Rameaux	M	V
14	M	V	V	14	L *16*	M	S ○
15	M	S	S	15	M	J	D Fête des Pères (F)
16	J	D ○	D ○	16	M ○	V ○	L *25*
17	V	L *8*	L *12*	17	J	S	M
18	S ○	M	M	18	V Vendredi Saint	D	M
19	D	M	M	19	S	L *21*	J
20	L *4*	J	J	20	D PÂQUES	M	V
21	M	V	V	21	L DE PÂQUES *17*	M	S ☾
22	M	S	S	22	M	J	D
23	J	D ☾	D ☾	23	M ☾	V	L FÊTE NATIONALE (LUX)
24	V	L *9*	L *13*	24	J	S	M *26*
25	S ☾	M	M ☾	25	V	D Fête des Mères (F)	M
26	D	M	M	26	S	L *22*	J
27	L *5*	J	J Mi-Carême	27	D	M	V
28	M	V	V	28	L *18*	M	S
29	M		S	29	M	J ASCENSION	D ●
30	J		D	30	M	V	L *27*
31	V		L *14*	31		S ●	

L'Organisation de l'Année d'un seul Coup d'Œil — 2003

	JUILLET (07)	AOÛT (08)	SEPTEMBRE (09)		OCTOBRE (10)	NOVEMBRE (11)	DÉCEMBRE (12)
2003	Dominante*	Dominante*	Dominante*	2003	Dominante*	Dominante*	Dominante*
1	M	V FÊTE NATIONALE (CH)	L *36*	1	M	S TOUSSAINT ☽	L *49*
2	M	S	M	2	J	D ☽	D Trépassés	M
3	J	D	M ☽	3	V	L *45*	M
4	V	L *32*	J	4	S	M	M
5	S	M ☽	V	5	D	M	J
6	D	M	S	6	L *41*	J	S
7	L ☽	J	D	7	M	V	D
8	M *28*	V	L *37*	8	M	S	L ○
9	M	S	M	9	M	D ○	M *50*
10	J	D	M ○	10	V ○	L *46*	M
11	V Fête de la Communauté Française (B)	L *33*	J Jeûne Genevois (CH)	11	S	M ARMISTICE 1918	J
12	S	M ○	V	12	D	M	V
13	D ○	M	S	13	L *42*	J	S
14	L FÊTE NATIONALE (F)	J	D	14	M	V	D
15	M *29*	V ASSOMPTION	L *38*	15	M	S Fête de la Dynastie (B)	L *51*
16	M	S	M	16	J	D	M ☾
17	J	D	M	17	V	L ☾	M
18	V	L *34*	J ☾	18	S ☾	M *47*	J
19	S	M	V	19	D	M	V
20	D ☾	M	S	20	L *43*	J	S
21	L FÊTE NATIONALE (B)	J	D Jeûne Fédéral (CH)	21	M	V	D
22	M *30*	V	L du Jeûne (CH)	22	M	S	L *52*
23	M	S	M *39*	23	J ●	D ●	M
24	J	D	M	24	V	L *48*	M
25	V *35*	L ●	J	25	S ●	M	J NOËL
26	S	M	V	26	D	M	LENDEMAIN DE NOËL (CH - LUX)
27	D	M ●	S Fête de la Communauté Française (B)	27	L *44*	J	V
28	L *31*	J	D	28	M	V	D
29	M ●	V	L *40*	29	M	S ,	L *1*
30	M	S	M	30	J	D ☽	M ☽
31	J	D		31	V		M Restauration (CH)

Observe bien ce calendrier et complète les phrases.

- Il y a .... mois dans une année.

- Chaque nombre sur la ligne du L indique le numéro de la semaine.

Il y a .... semaines dans une année.

- Écris au-dessus de chaque mois son numéro.
Par exemple : janvier a le numéro 1, février le 2, etc.

- Colorie le dernier jour de chaque mois.

— Entraîne-toi —

1 **Tu as bien lu et répondu aux questions de la page de gauche ?**
Alors, tu peux maintenant répondre à ces questions.
Toutes les réponses se trouvent sur ton calendrier.

Entoure la bonne réponse.

- Combien de jours y a-t-il au mois de juin ?   30   ou   31
- Combien de jours y a-t-il au mois de septembre ?   30   ou   31
- Combien de jours y a-t-il au mois de décembre ?   30   ou   31

2 **Les jours de la semaine sont indiqués sur le calendrier par une lettre**
(L = Lundi ; M = Mardi ; M = Mercredi, etc.).

Dans ce tableau, coche la bonne case.

Quel jour tombe le...	Lundi	Mardi	Mercredi	Jeudi	Vendredi	Samedi	Dimanche
14 juillet ?							
20 mars ?							
25 décembre ?							

3 **Pour en savoir un peu plus !**

Sur un pot de yaourt, tu trouveras la date après laquelle il ne faut plus
le manger. Très souvent, cette date n'est pas écrite avec des lettres
mais avec des chiffres.
Tu peux, avec l'aide d'un adulte, aller vérifier dans ton réfrigérateur.
Ainsi, sur un yaourt que l'on doit manger avant le 3 mai, tu trouveras écrit :
« À consommer avant le 3.05 ou 3/05 » car mai est le 5ᵉ mois de l'année.

4 **Réponds aux questions.**

- Quel est le numéro du mois de mai ?   ....
- Quel est le numéro du mois de janvier ?   ....
- Quel est le numéro du mois de ton anniversaire ?   ....

2 Année civile / année scolaire

L'année civile est l'année du calendrier.
Elle commence au mois de janvier et se termine au mois de décembre. Voici une petite histoire qui te rappelle les mois qui composent une année civile.

MADAME L'ANNÉE

Il était une fois une maman qui s'appelait L'ANNÉE.
Elle avait douze enfants.

Le premier s'appelait JANVIER. Il était l'aîné.

FÉVRIER était frileux. Il voyait souvent la neige.

Le troisième s'appelait MARS. Il était très gourmand.
Il a même donné son nom à des bonbons.

Le quatrième s'appelait AVRIL. Il était très coquin.
Il commençait toujours par faire des farces.

Le cinquième s'appelait MAI. Il était très coquet
et aimait s'habiller de fleurs.

JUIN aimait beaucoup les fêtes et terminait bien l'école.

JUILLET était très paresseux et il était toujours en vacances.

AOÛT avait toujours trop chaud. C'était le contraire de Février.

SEPTEMBRE, lui, commençait à aller à l'école.

OCTOBRE travaillait aux champs.
Il fallait ramasser châtaignes, champignons, pommes...

NOVEMBRE était tout triste. Toutes les feuilles lui tombaient dessus.

DÉCEMBRE était le dernier de la famille.

Ils ont vécu très heureux et très longtemps.

• Souligne le nom des mois de l'année et compte-les.

• Combien y a-t-il de mois dans l'année du calendrier (ou année civile) ?

Il y a .... mois.

— Entraîne-toi —

1 Maintenant, tu vas compléter ces 2 années civiles qui se suivent...
et qui ont perdu quelques mois ! Si tu as un trou de mémoire,
aide-toi de l'histoire «Madame l'année».

janvier	février	....	....

mai	....	juillet	....

....	....	novembre	....

....	....	mars	....

....	juin	....	août

septembre	....	....	décembre

2 Colorie avec une couleur différente chaque année.

3 Ton année scolaire (l'année du CP par exemple) est-elle plus longue ou
moins longue que l'année du calendrier ?

Pour le savoir, coche le nom des mois durant lesquels tu as travaillé au CP.
Tu as **commencé** à travailler au mois de **septembre** et tu as **fini** au mois de
juin.

• Combien de mois dure ton année au CP ? .... mois.

• Et l'année du calendrier ? .... mois.

• L'année la plus longue est l'année ....

3 Les moments de la journée

La journée de Julie
Julie est une petite fille de ton âge. Elle a choisi dans l'album quelques photographies pour nous raconter sa journée.
Mais, un coup de vent a tout mélangé !

Remets un peu d'ordre en numérotant les photos dans l'ordre de la journée.

La maman de Julie avait écrit sous chaque photo de quoi il s'agissait. Relie chaque numéro de photo à son texte.

1 •   • Julie va à l'école.

2 •   • Julie se lève.

3 •   • Elle se couche.

4 •   • À midi, elle mange à la cantine.

5 •   • Le soir, elle dîne avec sa famille.

6 •   • Elle rentre de l'école.

— Entraîne-toi —

Valentin raconte sa journée au travers de quelques images. Il a choisi celles qui étaient les plus importantes pour lui : ses repas (car Valentin est très gourmand !) et sa toilette.

Il les a déjà rangées dans l'ordre. Dessine à côté de chaque photo une lune ou un soleil pour préciser à quel moment de la journée cela se passe.

Il te donne une indication :

« Je prends ma douche chaque soir avant de dîner. »

4 La frise de la vie

Voici l'histoire de Paul Verdy en images.

Donne-leur chacune un numéro pour les remettre dans l'ordre.

• Quand Paul Verdy était bébé, quel numéro lui as-tu donné ? ....

• Quand Paul Verdy était adolescent, quel numéro lui as-tu donné ? ....

• Quand Paul Verdy était grand-père, quel numéro lui as-tu donné ? ....

Entoure l'image qui correspond au moment de ta vie aujourd'hui.

Voici maintenant ce qui pourrait être ton histoire jusqu'à aujourd'hui. Les images sont déjà dans l'ordre mais tu dois les légender à l'aide des titres suivants :

C'est mon anniversaire : j'ai 4 ans ! – Je sais marcher tout seul ! –
Le jour de ma naissance. – Je suis un bébé. – Je suis à l'école primaire. –
J'ai 3 ans : je vais à l'école maternelle.

❶

....

❷

....

❸

....

❹

....

❺

....

❻

....

L'Histoire dans la vie de tous les jours

Voici une scène de la vie à l'époque de ta grand-mère ou de ton arrière-grand-mère.

Entoure tous les objets que l'on n'utilise plus aujourd'hui.

Histoire

— Entraîne-toi —

Mène l'enquête ! Sais-tu ce qui existait et ce que mangeait ta grand-mère lorsqu'elle était enfant ? Interroge-la ou demande à une personne âgée autour de toi puis coche la bonne réponse.

À l'époque de ta grand-mère, il **existait** déjà :

	V	F
des magnétoscopes	☐	☐
des bandes dessinées	☐	☐
les poupées barbie	☐	☐
la télévision en couleur	☐	☐
les ampoules électriques	☐	☐
le four à micro-ondes	☐	☐
les jeux vidéo	☐	☐
le réfrigérateur	☐	☐
l'appareil photo	☐	☐
le chauffage électrique	☐	☐
les CD	☐	☐
les produits surgelés	☐	☐
les voitures	☐	☐

À l'époque de ta grand-mère, **on mangeait** :

	V	F
des pommes de terre	☐	☐
des kiwis	☐	☐
du pain	☐	☐
des crêpes	☐	☐
des pizzas	☐	☐
du poulet	☐	☐
des oranges	☐	☐
de l'autruche	☐	☐
des chewing-gums	☐	☐
des esquimaux	☐	☐
des hamburgers	☐	☐
des frites	☐	☐
du soda	☐	☐

Histoire

Chasse aux trésors
dans la cour d'une école !

Voici le plan de la cour d'une école où des objets ont été déposés.

Avant de commencer une chasse aux trésors, il faut prendre des repères pour pouvoir te déplacer.

Pour cela, tu disposes d'**une légende**.

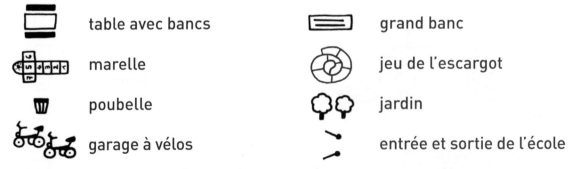

Fais-toi quelques repères en couleurs !

- Colorie la **bibliothèque** en rose.
- Colorie la **marelle** en bleu.
- Colorie le **garage à vélos** en orange.
- Colorie les **poubelles** en vert.
- Colorie les **tables** en rouge.
- Colorie le **grand banc** en jaune.

— Entraîne-toi —

1 **Paul est le premier à avoir terminé sa chasse aux trésors. Voici tous les trésors qu'il a rapportés.**

Trace un chemin rouge sur le plan qui montrera le parcours qu'il a fait pour trouver les trésors. Attention, il faut suivre l'ordre où il te les présente !

---

2 **Pauline te dit où elle est passée. Tu dois deviner les trésors qu'elle a rapportés. Tu peux écrire ou dessiner.**

Pauline : « Je suis partie de la bibliothèque pour aller jusqu'à la poubelle devant l'école. Ensuite, je me suis reposée sur le grand banc et j'ai fini ma course dans le jardin de la cour. Quels sont les trésors que j'ai rapportés ? »

Les repères sur un plan

2

Avec ses 5 étages et tous ses grands couloirs, la Cité des sciences, à Paris, devient vite un labyrinthe.
Heureusement, à chaque étage il y a un plan.

Plan du niveau 0 de la Cité des sciences de la Villette

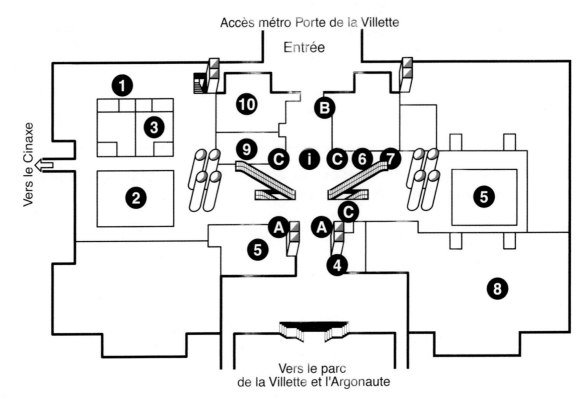

Géographie

❶ « Invotorium 3-6 ans »

❷ Salle « Laser »

❸ Cinéma Louis Lumière

❹ Eurocité

❺ « Cité des enfants 5-12 ans »

❻ Point accueil abonnés

❼ Banque – Change

❽ Vestiaire

❾ Boutique

❿ Librairie

Ⓐ Accueil groupes

Ⓑ Location de casques

Ⓒ Caisses

Ⓘ Information et accueil du public

En t'aidant de la légende, coche ce qu'il y a à cet étage.

une banque ☐	une librairie ☐	une patinoire ☐
une boutique ☐	un restaurant ☐	un cinéma ☐
l'Inventorium 3-6 ans ☐	une bibliothèque ☐	un vestiaire ☐

— Entraîne-toi —

1 **Prends des repères sur le plan !**

- Quel est le numéro de la « Cité des enfants 5-12 ans » ?
  Sur le plan, colorie en bleu la « Cité des enfants 5-12 ans ». .....

- Quel est le numéro de L'« Inventorium 3-6 ans » ?
  Colorie-le en vert sur le plan. .....

- Quel est le numéro de la boutique ?
  Colorie-la en rose sur le plan. .....

- Quel est le numéro de la librairie ?
  Dessine un livre à la place de la librairie. .....

2 **Promenons-nous à la Cité des sciences !**

Tu vas te déplacer dans la Cité des sciences en suivant les indications ci-dessous. Tous les endroits où tu dois t'arrêter sont écrits en gras. Trace d'abord le chemin que tu vas faire avec ton doigt puis, quand tu es sûr(e) de toi, utilise un crayon.
Bonne promenade !

> Place-toi à **l'entrée de la Cité**
> (côté métro Porte de la Villette). Tu es prêt(e) ?
> Dirige-toi vers l'**« Inventorium 3-6 ans »**
> pour y laisser ta petite sœur ou ton petit frère.
>
> Maintenant, va déposer ton manteau **au vestiaire**.
>
> Tu es enfin prêt(e) pour aller t'amuser
> à la **« Cité des enfants 5-12 ans »**.
>
> Le temps passe vite ! Il est déjà midi !
>
> Tu passes à **la boutique** pour acheter un souvenir
> et tu vas **rechercher ton petit frère ou ta petite sœur**.
>
> Il faut quitter la Cité des sciences : direction **le métro** !
>
> À bientôt !

Géographie

Quel temps fait-il ?

Qu'il fasse beau ou qu'il fasse mauvais, tout le monde parle du temps !
Chaque jour, des bulletins météo à la radio, à la télévision, dans les journaux,
sur Internet, etc., font des prévisions sur le temps.
Ensemble, apprenons à mieux comprendre les codes de la météo.

Observe les différentes images en bas.
Ajoute dans la case le dessin du temps qu'il fait.

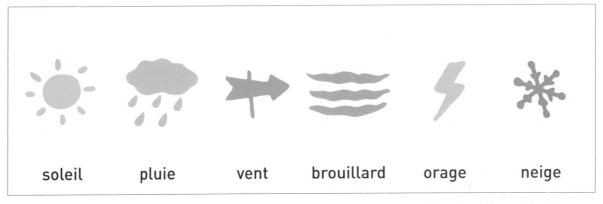

soleil   pluie   vent   brouillard   orage   neige

— Entraîne-toi —

Voici une carte de France destinée à indiquer le temps qu'il va faire. Lis le texte de monsieur Météo et complète la carte avec les dessins de la page 124.

« Bonjour ! On attend aujourd'hui de fortes pluies sur la région de Toulouse. Les Marseillais auront plus de chance car un grand soleil les accompagnera tout au long de la journée.

À Lille, le brouillard gênera les automobilistes toute la matinée.

Les premiers flocons de neige viendront recouvrir la ville de Lyon dans le courant de l'après-midi.

À Rennes, tenez bien vos chapeaux ! Vous aurez beaucoup de vent ! Ne vous envolez pas !

Et, pour finir, à Paris, soleil et pluie occuperont tout ce dimanche.

Je vous souhaite à tous de passer une excellente journée ! Au revoir ! »

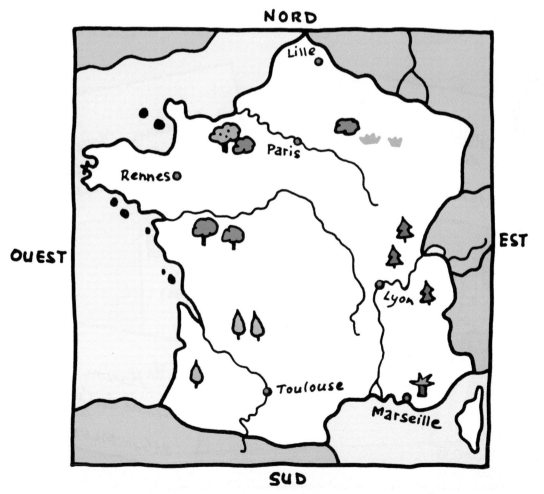

Géographie

Où habites-tu ?
Une histoire d'adresse...

Le facteur est nouveau dans le quartier.
Aide-le à repérer les plaques des noms de rues dont il a besoin.
Pour cela, relie chaque enveloppe à la bonne plaque.

Géographie

— Entraîne-toi —

1 Maintenant, observe ce plan.
Repère les rues de Florian, de Marion, de Chloé et de Pauline.

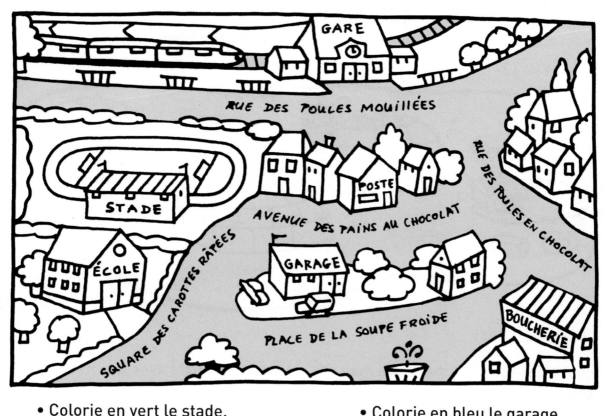

- Colorie en vert le stade.
- Colorie en rose la gare.
- Colorie en jaune la Poste.

- Colorie en bleu le garage.
- Colorie en rouge la boucherie.

2 À présent, remplis le tableau. Coche les bonnes cases.

Habitent-ils dans la rue...	du garage ?	du stade ?	de la gare ?	de la boucherie ?	de la Poste ?	de l'école ?
Florian				X		
Marion						
Chloé						
Pauline						

5 Ailleurs dans le monde

Au pôle Nord, le sol est gelé toute l'année ! En hiver, le soleil ne se montre presque jamais. C'est pour cela qu'il fait aussi froid.
Le peuple qui y habite s'appelle Inuit ou Esquimau (Eskimo).
Mais comment font-ils pour vivre dans de telles conditions ?

Leurs maisons

Pour en savoir plus sur leurs maisons, complète le texte avec les mots suivants :

feu – peaux – igloos – vent – construire – villages.

Autrefois, les Inuits habitaient dans des ...., des maisons de

neige. À l'intérieur, ils allumaient un .... pour se réchauffer

un peu et, la nuit, ils dormaient enroulés dans des .... d'ours.

Aujourd'hui, ils apprennent toujours à .... des igloos,

mais c'est seulement pour s'abriter du grand .... et du froid

quand ils partent loin, très loin de leurs ....

Géographie

Entraîne-toi

1 Observe bien ces deux paysages très différents.

Colorie en bleu les mots qui décrivent le désert froid et en jaune les mots qui décrivent le désert chaud. Attention, il y a des mots intrus.

| un igloo | – | la jungle | – | une oasis | – | des palmiers | – | des crocodiles | – |

| un ours blanc | – | un iceberg | – | une caravane de chameaux | – | un fleuve | – |

| un phoque | – | des dunes de sable | – | un traîneau | – | des lianes |

---

2 Dans la liste, il y a des mots intrus que tu n'as pas coloriés. Ils décrivent un autre paysage : la forêt équatoriale. Essaie de la dessiner.

Les cinq sens

Les yeux, les oreilles, le nez, la langue et la peau nous renseignent sur ce qui nous entoure. Ce sont les **organes des sens**.

Quels sont nos sens ?

La vue

L'**œil** nous renseigne sur la forme et la couleur.

L'odorat

Avec le **nez**, nous reconnaissons les odeurs.

L'ouïe

Les **oreilles** nous permettent d'entendre.

Le goût

La **langue** nous permet de savoir si les aliments sont sucrés, salés, amers...

Le toucher

La **peau** de tout notre corps est l'organe du toucher.

Sciences

Nous avons cinq sens : la vue, l'ouïe, l'odorat, le goût, le toucher.

1 **Trace des flèches pour montrer les différents organes des sens.**

la vue •   • l'odorat

                                                • le goût

le toucher •   • l'ouïe

2 **Relie les mots qui vont ensemble.**

l'ouïe •	• les yeux
le toucher •	• les oreilles
l'odorat •	• la peau
la vue •	• la langue
le goût •	• le nez

3 **À qui sont ces yeux ?**

Observe les photos et indique par une flèche à qui appartiennent ces yeux.

A

                                 • Un enfant

B

                                 • Un insecte

2 Les dents

Un enfant de six ans possède 20 dents : on les appelle les **dents de lait**.

As-tu déjà perdu tes dents?

Elles tomberont bientôt et seront remplacées par des dents définitives qui se forment dans la mâchoire. Une personne adulte a 32 dents.

Les dents servent à mâcher les aliments :
– les **incisives** les coupent,
– les **canines** les déchirent,
– les **molaires** les broient, les écrasent.

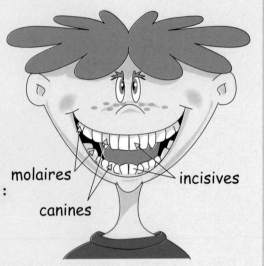

molaires — incisives — canines

Comment conserver de bonnes dents ?

Après chaque repas, il faut se brosser soigneusement les dents. Et il ne faut pas manger trop de sucreries...

Choisis une brosse ni trop dure ni trop molle. Utilise un bon dentifrice.

Frotte tes dents de haut en bas et de bas en haut.

Frotte tes dents d'avant en arrière, N'oublie pas la partie intérieure.

Rince la brosse et le verre à dents.

— Entraîne-toi —

1 **Vrai (V) ou faux (F) ? Coche la bonne réponse.**

La meilleure boisson pour avoir de bonnes dents est :

	V	F
le café	☐	☐
le sirop de grenadine	☐	☐
le lait	☐	☐

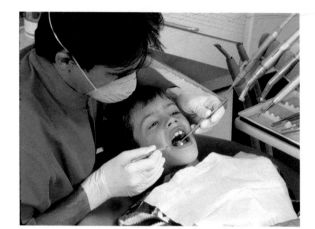

Pour se laver les dents, on utilise :

	V	F
du savon	☐	☐
du dentifrice	☐	☐
du shampoing	☐	☐

Il faut se rendre chez le dentiste :

	V	F
tous les jours	☐	☐
une fois par an	☐	☐
jamais	☐	☐

2 **Qui fait quoi ? Relie ce qui va ensemble.**

Les molaires •   • coupent les aliments.

Les canines •   • déchirent les aliments.

Les incisives •   • écrasent les aliments.

3 L'alimentation

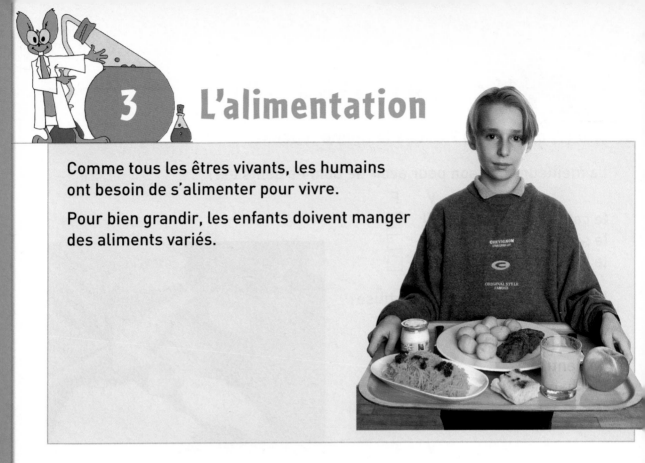

Comme tous les êtres vivants, les humains ont besoin de s'alimenter pour vivre.

Pour bien grandir, les enfants doivent manger des aliments variés.

Que faut-il manger pour rester en bonne santé ?

Les aliments sont classés en différents groupes.
Un menu équilibré comporte une entrée, un plat, du fromage et un dessert.

Pour rester en bonne santé, il faut manger ni trop, ni trop peu.
L'alimentation doit être variée : il faut manger « de tout » et ne pas oublier de boire de l'eau.

— Entraîne-toi —

1 Relie le nom du repas au moment de la journée qui lui correspond.

matin •   • goûter

midi •   • dîner

après-midi •   • déjeuner

soir •   • petit déjeuner

2 Pour chaque repas de la journée, écris un menu complet.
Tu peux aussi dessiner.

Petit déjeuner 	Lait, jus de fruits, pain, céréales, beurre, fruits...
Déjeuner 	Crudités (tomates, carottes...), viande, légumes, poissons, œufs, yaourt, fromage, pain, eau, fruits...
Goûter 	Eau, lait, beurre, pain, chocolat, fruits...
Dîner	Soupe, œufs, poisson, viande, pain, légumes verts, dessert...

4 L'air, le vent

Une couche d'air entoure la Terre: c'est **l'atmosphère**.

Les humains, les animaux, les plantes ont besoin d'air pour vivre.

L'air est un gaz **invisible**, **incolore** (sans couleur) et **inodore** (sans odeur).

Pourquoi y a-t-il du vent ?

• Dans un carré de papier, découpe une spirale.
Attache un fil fin à son extrémité. Aide-toi du schéma.

• Place la spirale dans un coin de ta chambre, près du sol. Observe ce qui se passe.

• Place maintenant la spirale au-dessus d'un radiateur chaud. Que remarques-tu ?

L'air chaud, léger, monte. Lorsque l'air froid prend la place de l'air chaud, il crée un courant d'air. Le vent est de l'air en mouvement.

1 **Petit problème ! La roue de ton VTT est encore crevée !**

Comment peux-tu trouver le trou dans la chambre à air alors que tu n'as qu'une cuvette d'eau ?

Écris les mots qui conviennent.

la cuvette – l'eau – la chambre à air – bulles d'air s'échappant du trou

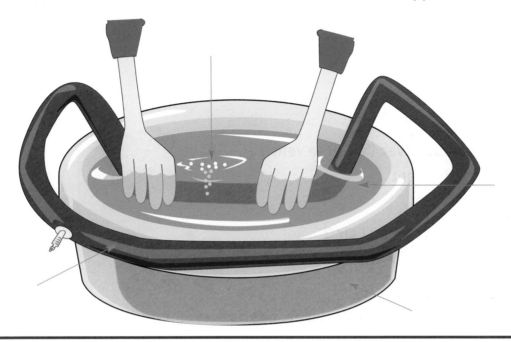

2 **Mais d'où vient le vent ?**

Écris les mots qui conviennent au bon endroit.

L'air froid prend la place de l'air chaud.
L'air chaud monte.
Le Soleil réchauffe la Terre.

5 Les effets de l'air

On peut savoir dans quelle direction souffle le vent à l'aide d'une **girouette**.

Il est possible de mesurer la vitesse du vent grâce à un **anémomètre**.

Comment jouer avec l'air et le vent ?

avec un cerf-volant
avec un ballon

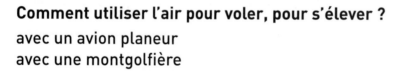

Comment produire de l'air ?

avec un sèche-cheveux
avec un ventilateur

Comment utiliser l'air pour voler, pour s'élever ?

avec un avion planeur
avec une montgolfière

Comment utiliser l'air pour ralentir la chute ?

avec un parapente
avec un parachute

Comment utiliser l'air pour faire bouger quelque chose ?

avec les ailes du moulin à vent
avec un voilier

Comment utiliser l'air pour rouler ?

avec des pneus

Comment utiliser l'air pour flotter ?

avec un bateau pneumatique
avec une bouée

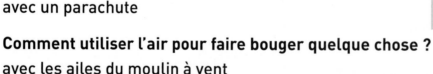

Construis un moulinet.

Aide-toi des schémas pour construire un moulinet.

Construire un moulinet

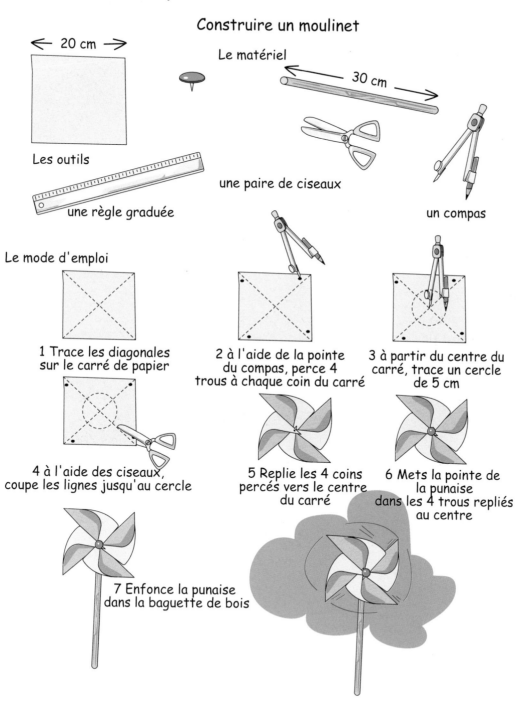

Le matériel

← 20 cm →

← 30 cm →

Les outils

une règle graduée

une paire de ciseaux

un compas

Le mode d'emploi

1 Trace les diagonales sur le carré de papier

2 à l'aide de la pointe du compas, perce 4 trous à chaque coin du carré

3 à partir du centre du carré, trace un cercle de 5 cm

4 à l'aide des ciseaux, coupe les lignes jusqu'au cercle

5 Replie les 4 coins percés vers le centre du carré

6 Mets la pointe de la punaise dans les 4 trous repliés au centre

7 Enfonce la punaise dans la baguette de bois

Si tu as respecté le montage, ton moulinet doit fonctionner. Tourne-t-il toujours dans le même sens selon que tu avances ou que tu recules ?

Sciences

Français

1. Se présenter

page 6

> Bonjour, je m'appelle Nolwenn, je suis une fille.

> Bonjour, je m'appelle Omar, je suis un garçon.

Nolwenn est une fille.
Omar est un garçon.

page 7

1 Réponse libre

2

File — (*fille*) — filet — (fille) — fil — *filles*
(fille) — fil — (fille) — *filet* — (fille) — fiel
file — *fillette* — fil

3

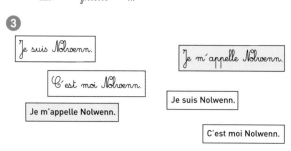

> Je suis Nolwenn.
>
> C'est moi Nolwenn.
>
> Je m'appelle Nolwenn.

> Je m'appelle Nolwenn.
>
> Je suis Nolwenn.
>
> C'est moi Nolwenn.

2. Le son [i]

page 8

l — *i* — l — j — **y** — d — *i* — l — *i* — *i* — y — *i* — l — *i* — **y**

page 9

1

2

3. La lettre i

page 10

Nolwenn et Omar ont rendez-vous avec leur maîtresse devant le quai 2 à la voie 2. Leur train part à 10 h 02 pour Niort. Ils ont mis leurs sacs sur un chariot à bagages. La maîtresse composte les billets. Elle va voir le contrôleur pour savoir si la voiture est au début ou à la fin du train.

page 11

1 Le train est à quai.
Il ne faut pas traverser les voies.
Sur la voie, il y a les rails.
C'est la fin du quai, impossible d'aller plus loin.

2 Le son [wa] : toile, boîte – le son [jɔ̃] : lion, avion – le son [ɛ̃] : dauphin, oursin – le son [ɛ] : reine, baleine.

4. La lettre o

page 12

Le cousin d'Omar vit à la campagne. Autour de sa maison, il y a beaucoup de mares. Le soir, on peut observer plein d'oiseaux.

page 13

1 Le son [u] : une bougie, une ampoule, une roue.
Le son [ɔ̃] : une montre, un ongle, une ombrelle.
Le son [ɔr] : une porte, une tortue, un cor.
Le son [wa] : un roi, une croix, un toit.

5. La lettre g

page 14

Le **ga**n**ga** est un oiseau voisin du pi**ge**on. Le ti**g**re est un
fauve. Dans la vie sauva**ge**, il chasse les **ga**zelles.

page 15

1 Tu dois relier à [g] : guépard, grenouille, gorille,
guenon, gazelle, grizzli.
Tu dois relier à [ʒ] : singe, girafe, gerboise, gibbon.

2

girafe   pigeon   gardien   gazelle   singe

cage   bougie   vague   nuage   glace

6. La lettre u

page 16

du saucisson : 2 – des tulipes : 4 – des artichauts : 1 – un
chausson aux pommes : 3.

page 17

1 J'ai accompagné papa pour faire les courses. Nous
avons pris des fruits et des légumes, ainsi que du produit
à vaisselle à la droguerie. Ma sœur a prévu d'acheter une
petite bouteille de parfum.

2 journal veau *cuisse* moule chou *prune* saucisse
gâteau – qui droguerie quincaillerie légume pourquoi
baguette – *fleur* fruit brun gratuit *feu* un *deux*

7. Le son [a]

page 18

cale – rame – pirate – bastingage – bâbord

page 19

1 trois mâts – caravelle – drakkar – navire égyptien

2 L'automobile, la moto, l'autobus, le bateau et le vélo.

8. Le son [ɔ̃]

page 20

on	om	ont	ons	ond
content contemple	pompe	pont		bond

page 21

1 1 : chuter – 2 : slip – 3 : tante – 4 : pâté

2

pont   montre   citron   violon   trompette

3 long – champignon – rond – bon

9. Les lettres que l'on n'entend pas...

page 22

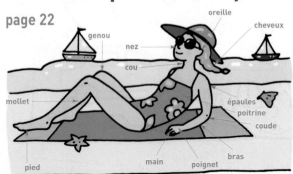

page 23

1 un bras • • une poignée
un poing • • une rangée
un rang • • blanche
blanc • • un brassard
le lait • • une laiterie

2 À la piscine, il fait chaud. Mais je suis idiot, j'ai oublié que c'était payant et je n'ai pas d'argent.

3 Tu dois colorier : le cachalot, le homard, la raie.

Bilan

page 24

1 g h i j k l m n o p q r s t u v w

2 Il faut colorier la girafe, la gazelle, le nuage, le piano, le cachalot et le homard.

3 guidon – rayon – pédalier – selle – chaîne

page 25

4 Il ne faut pas traverser les voies, le train est à quai. C'est la fin du quai : impossible d'aller plus loin. Le contrôleur poinçonne les billets. C'est un train court : il y a cinq voitures.

5 OBJET – ONCLE – OLIVE – ORAGE

6 Il faut entourer : zoo, nageoire, vétérinaire, poils, plumes.

7 [o] ou [ɔ] : dauphin – ciseaux – gomme.
[y] : lune – aiguille – tortue.

10. Masculin et féminin

page 26

Tu dois souligner en bleu : terrasse, plaque, porte, portière, fenêtre, gouttière, cheminée.
Tu dois souligner en vert : escalier, toit, balcon, mur, Velux, étage.

page 27

1
un
une
• escalier
• porte
• fenêtre
• étage
• immeuble
• toiture
• mur

un
une
le
la
• porte
• volet
• rideau
• salon
• balcon
• cheminée
• gouttière

2 Faux – Vrai – Faux – Vrai – Vrai – Vrai – Faux

11. Le pluriel

page 28

une gomme

un taille-crayon

de la colle

une trousse

des ciseaux

une règle

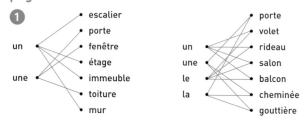
des crayons

page 29

1 quelques (ou deux) croissants – le réveil – cette cuillère – deux (ou quelques) fourchettes

2 Tu dois relier « le » à : pinceau, feutre, stylo, crayon.
Tu dois relier « les » à : crayons, stylos, feutres, pinceaux.
Tu dois relier « une » à : éponge, peinture, craie.
Tu dois relier « des » à : peintures, éponges, craies.

12. La phrase

page 30
Il y a 3 phrases.
La maman de Nolwenn va au travail en vélo. Quand elle doit aller plus loin, elle prend le train. Une fois par mois, elle prend même l'avion. Elle n'aime pas voyager en voiture.

page 31

1 Omar est un petit garçon de six ans. – Nolwenn aime faire de la bicyclette. – Ils sont dans le même cours préparatoire.

2 Le mercredi, Juliette accompagne sa maman pour faire les courses. – La voiture du papa d'Omar est verte. – Le soir, Nolwenn et Omar (ou Omar et Nolwenn) rentrent en bus.

13. La phrase négative

page 32

Omar ne met plus cette chemise. – Ils ne mettent pas leurs bottes. – Maman ne m'a pas acheté ce chapeau. – Il ne pleut plus.

page 33

❶ <u>Mais quand le chat est là</u>, les souris ne dansent plus. <u>Et quand la maîtresse arrive</u>, les élèves ne discutent plus.

❷ A – N – A – A – N

❸ On ne peut pas manger dans le magasin. – Les chiens ne sont pas autorisés.

14. La phrase interrogative

page 34

① les douves – ② le pont-levis – ③ la herse – ④ dans le donjon – ⑤ les meurtrières – ⑥ des remparts

page 35

❶ Par exemple, tu peux écrire les phrases suivantes : Qui a été dans le donjon du seigneur ? – Où sont allés Henri IV et ses archers ? – Comment est le pont-levis du château ? – Que font les hommes d'armes sur le chemin de ronde.

❷ Par exemple, tu peux poser les questions suivantes : Où est le seigneur ? – Qui surveille les alentours ? – Combien y a-t-il de chevaliers devant le pont-levis ?

❸ Réponse libre.

15. Le verbe

page 36

① Elle se lève. – ② Elle prend son petit déjeuner. – ③ Elle se lave. – ④ Elle s'habille. – ⑤ Elle va à l'école. elle se lave → se laver – elle se lève → se lever – elle prend → prendre – elle va → aller – elle s'habille → s'habiller

page 37

lire — dessiner — compter
chanter — écrire — manger

❷
boire — coudre
écrire — se coiffer

❸ Je pédale. – Je conduis. – Je freine. – Je dérape.

16. Les formes des verbes

page 38

Omar et Sylvain jouent au foot. Alice et Olivier font une partie de billes. Garance saute à la corde. Annick fait la ronde avec ses amies. Julie joue à la marelle. Marie et Martin discutent sur un banc.
Le verbe « faire » est écrit « font » et « fait ».

page 39

❶ La gazelle et l'antilope → ont des cornes.
Le zébu aussi → a des cornes.
Nolwenn → imite le chimpanzé.

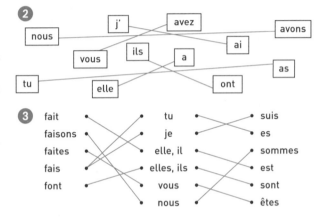

❸

fait		tu		suis
faisons		je		es
faites		elle, il		sommes
fais		elles, ils		est
font		vous		sont
		nous		êtes

17. Hier, aujourd'hui, demain

page 40

Aujourd'hui, le fermier laboure les champs avec le tracteur. Pour traire sa vache, il fait comme dans le temps, à la main dans l'étable. Le coq, les poules et les canards sont toujours en liberté dans la cour. L'an prochain, il fera construire un nouveau hangar.
Aujourd'hui, je regarde les moutons. – Demain, je regarderai les moutons.

page 41

❶ après – autrefois – maintenant – jadis – demain – avant – aujourd'hui – hier – pendant

❷ Hier : ~~Les moutons iront dans les prés~~.
Aujourd'hui : ~~Il a été malade~~.
Demain : ~~Les fruits sont mûrs~~.

❸ Papi demande à sa petite-fille : « Audrey, as-tu fermé les clapiers ?
– Oui Papi, Mamie m'a aidée.
– Ensuite, il faudra vérifier les poules car le renard rôde encore. Il a blessé le jeune coq la semaine dernière. »

18. Il, elle, ils, elles

page 42

Elle entre dans la parfumerie. – Il a acheté du poisson. – Il est fermé le lundi. – Elle était restée ouverte.

Il (ou elle) aime. – Il (ou elle) rugit. – Ils (ou elles) ont faim. – Ils (ou elles) sautent. – Ils (ou elles) rugissent. – Elle est belle.

page 43

1 Elle est poudreuse. – Ils font de la luge. – Elles attendent au chalet. – Elles iront faire du ski.

2 Son frère attend son tour, il reste devant la porte de la salle de bain. Papa nous prépare le petit déjeuner, il est dans la cuisine. Maman est déjà partie, elle travaille de bonne heure. Mathilde et Sylvain sont prêts, ils sortent. Nolwenn et Natacha aussi. Elles les rejoignent.

19. Le, la, lui, en...

page 44

L'escrimeur touche son adversaire, il le bat.

page 45

1 le bonnet – la selle – le kimono – la balle.

2 Rien ne sert de courir, il faut partir à point pour la battre.
L'animal caché derrière la est la tortue.

3 La, l' et lui remplacent « sa petite sœur ».

20. L'adjectif

page 46

Après avoir mis une ⑦ orange, une ④ verte et un ③ noir à son bonhomme de neige, le jeune ② au ⑤ rose joue aux boules de neige. Un vieux ⑥ a été planté pour décorer le bonhomme de neige tout blanc. Au fond, le ① couvert de neige est face à la remontée mécanique.

page 47

1

un bonnet bleu

des gants rouges

des chaussures marron

la casquette verte

2 Tu peux retrouver les groupes suivants :

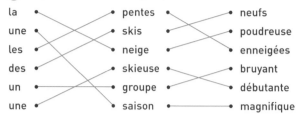

la • pentes • neufs
une • skis • poudreuse
les • neige • enneigées
des • skieuse • bruyant
un • groupe • débutante
une • saison • magnifique

21. Les mots invariables

page 49

1 très – avant – depuis – pendant – toujours – longtemps

2 Prends ton petit déjeuner, ensuite tu iras ramasser des œufs. Tu as ramassé des œufs, alors maintenant je peux faire une omelette. Mais avant, il faut les battre.

Bilan

page 50

1 j'ai → avoir – tu vas → aller – nous avons → avoir – vous allez → aller

2 Ce groupe de filles jouent à l'élastique. – Martine attrape ses amies, elles jouent à chat. – Je fais un cercle avec mes copains : nous faisons une ronde.

3 Il a faim. – Elle est belle. – Ils sont patients. – Elles sont restées là.

4 Ma petite fille. C'est magnifique. L'air est pur. Les gens sont sympathiques. Je suis contente de te revoir bientôt. Je t'embrasse fort.

page 51

1 par exemple : une bougie – quelques crayons – le verre – des ciseaux – cette brosse – deux chaussures – ce gant – un bonnet

6

Pierre a un pantalon vert et un pull bleu.

Paul porte un pantalon bleu et un gilet vert.

7  Je fais l'exercice car j'ai compris.

22. Faire un portrait

page 52

C'est une fille. Elle a de longs cheveux blonds. Ses yeux sont bleus.

page 53

❶ Réponse libre.

❷ C'est un jeune chevalier. Il porte une armure argentée et un heaume avec un plumet rouge. Il serre sa lance dans la main droite. Il a fière allure. Il porte son épée à la ceinture. Son cheval lui aussi a une armure et un grand tissu jaune sous la selle.

23. Une règle de jeu

page 54

Les insectes attrapés sont gardés dans la toile de l'araignée. – Les insectes doivent faire le tour du terrain. Réponse libre.

page 55

❶ Tu te reposes sur des coussins, tu passes 1 tour : 16, 24, 33.
Tu es tombé dans le puits, tu passes 2 tours : 7, 21, 37.
Pour sortir de prison, tu dois faire un double : 13.
Un lièvre, tu rejoues : 5.
Un stop, tu retournes à la case départ : 17.
Une rivière, tu recules de 2 cases : 8, 19, 26, 31, 42.
Le feu, tu vas sur la case 20 : 29.

❷ Pour jouer à la bataille, tu as besoin d'un jeu de ④.
Au jeu de dada, les pions ont la forme de ③.
Au jeu de l'oie, tu dois lancer les ② pour jouer.
Dans beaucoup de jeux, tu dois déplacer un ①.

24. Les recettes

page 56

Ingrédients : une noisette de beurre – 1 plaquette de chocolat – 2 poires – 3 œufs – 1 pot de crème – 150 g de sucre.

page 57

1. J'allume le four. – 2. J'étale la pâte à tarte. – 3. Je pique la pâte. – 4. Je verse la compote sur la pâte. – 5. J'épluche les pommes. – 6. Je pose les tranches de pommes sur la compote. – 7. Je fais cuire la tarte au four pendant 20 minutes.

25. Écrire une lettre

page 58

Cette lettre est adressée au parrain d'Audrey. – La lettre a été écrite le 2 juin. – C'est Audrey qui a écrit la lettre.

page 59

❶ ① plage – ⑥ port de pêche – ⑤ port de plaisance – ② jetée – ⑦ vagues – ③ phare – ⑧ falaise – ④ quai – ⑨ bouée

❷ et ❸ Réponse libre.

Mathématiques

1. Les ensembles

page 60

Il faut que tu entoures : cerise, fraise.

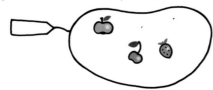

page 61

1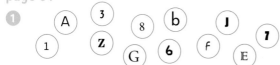

2

3

blanc

jaune

Je suis un animal.

2. Les nombres de 0 à 20

page 62

Les nombres qui manquent sont 5 et 7.

page 63

1 1 → un – 2 → deux – 3 → trois – 4 → quatre

2 ④4 – ②0 – ①6 – ①7 – ①3 – ①9 – ①2 – ①0

3

4 Tu dois dessiner 14 perles bleues et 6 perles orange

3. Les nombres de 20 à 70

page 64

38 – 39 – 40   54 – 55 – 56   59 – 60 – 61

page 65

1 50 → cinquante – 40 → quarante – 30 → trente – 70 → soixante-dix.

2 3 1 – 4 0 – 4 9 – 2 6 – 6 6 – 2 7 – 5 0 – 4 4

3 Quatre dizaines cinq unités → 45
Cinq dizaines quatre unités → 54

4 Les chiffres effacés sont : 20 – 22 – 26 – 27

4. Les nombres de 70 à 100

page 66

Les nombres qui manquent sont : 80 – 84 – 88 – 93 – 97 – 99

page 67

1 80 → quatre-vingts – 90 → quatre-vingt-dix – 71 → soixante et onze – 62 → soixante-deux

2 53 – 63

3

Dizaines	Unités
8	5
8	1
7	5
7	0
9	5
9	0

4

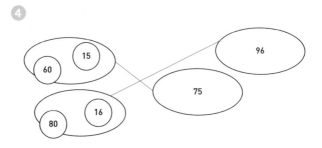

5. Les signes = et ≠

page 68

2 + 2 = 4   3 + 1 ≠ 5   4 + 0 = 4

page 69

1 =

2 Il faut dessiner 2 poires dans le tas de gauche.

3 Il faut barrer 3 étoiles dans le tas de droite.

4 3 + 1 = 1 + 3   2 + 1 = 3 + 0

   5 + 1 ≠ 3 + 4   6 + 1 ≠ 2 + 2

6. L'ordre croissant et l'ordre décroissant

page 70

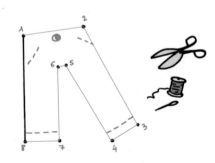

page 71

1

2 3 < 7 < 9 < 10   6 < 8 < 10 < 11

3 12 > 10 > 9 > 7 > 6 > 1

4 Dans la première liste, il faut barrer le 3. Dans la deuxième liste, il faut barrer le 8.

7. Les signes < et >

page 72

3 est plus petit que 9. Cela s'écrit 3 < 9.
18 est plus grand que 13. Cela s'écrit 18 > 13.

page 73

1 Vérifie bien que les nombres que tu as écrits sont plus petits (quand tu comptes en partant de 0, ils doivent être avant).

2 Il faut barrer : 7 > 9 et 18 < 17

3 3 < 5 – 13 > 5 – 7 < 9 – 15 < 21

4

< 4 + 5   = 4 + 5

< 3 + 4   = 5 + 4

Bilan

page 74

1 9 – 10 – 11   68 – 69 – 70   28 – 29 – 30   48 – 49 – 50

2 12 – 17 – 28 – 32 – 46 – 55 – 70 – 80

3 8 < 10   27 > 19   10 < 15   45 > 54

4 3 + 2 ≠ 6   6 + 1 = 7   2 + 7 ≠ 10   3 + 8 = 11

page 75

5 Il faut ranger dans l'ensemble « Plus grand que 12 » : 40 – 20 – 35. Il faut ranger dans l'ensemble « Plus petit que 12 » : 5 – 10 – 8 – 11 – 1.

6 2 < 6 < 11 < 16

7 31 > 20 > 12 > 2

8. L'addition

page 76

4 + 1 = 5   4 + 2 = 6   2 + 1 = 3   4 + 4 = 8

page 77

1 L'addition qu'il faut barrer est : 5 + 1 = 7.

2 2 + 2 → 4   6 + 3 → 9   7 + 1 → 8   4 + 2 → 6

3 Dans le sac de gauche, il y a 8 billes. Dans le sac de droite, il y a 7 billes.

4 Il faut entourer les additions « 4 + 2 = » et « 3 + 3 = ».

9. L'addition (problèmes)

page 78

3 + 2 + 2 = 7

page 79

1 Opération : 2 + 5 + 1 + 1 = 9.
Solution : Maman a 9 euros dans son porte-monnaie.

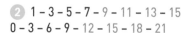

② 1 – 3 – 5 – 7 – 9 – 11 – 13 – 15
0 – 3 – 6 – 9 – 12 – 15 – 18 – 21

③ Cible de gauche : 3 + 2 + 1 = 6.
Cible de droite : 2 + 2 + 3 = 7.

10. L'addition en colonnes

page 80

d	u	
1	4	1 dizaine, 4 unités
1	7	1 dizaine, 7 unités
1	8	1 dizaine, 8 unités
2	2	2 dizaines, 2 unités
3	5	3 dizaines, 5 unités

page 81

①

	d	u
	1	2
+	4	

②

	d	u			d	u
	1	2			1	5
+	1	1		+	1	2
	2	3			2	7

③ 12 + 23 =

	d	u
	1	2
+	2	3
	3	5

22 + 33 =

	d	u
	2	2
+	3	3
	5	5

④

	d	u			d	u			d	u			d	u
	1	2			1	1			2	1			3	1
+	0	3		+	1	2		+	2	1		+	1	5
	3	5			2	3			4	2			4	6

11. Les additions à trous

page 82

Il faut dessiner 1 perle bleue sur le collier de la 1re ligne et 2 perles orange sur le collier de la 2e ligne.

page 83

① Il faut entourer 6 dans la 1re opération et 8 dans la 2e.

②

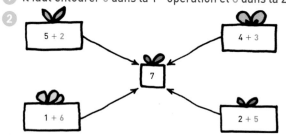

---

③ 5 + 3 = 8   7 + 1 = 8   2 + 6 = 8   3 + 5 = 8

④

	1	2			2	1
+	1	1		+	1	4
	2	3			3	5

12. Calcul mental Les tables d'addition

page 84

Vérifie avec la table donnée dans l'encadré.

page 85

① 2 + 2 = 4   2 + 4 = 6   2 + 9 = 11   2 + 10 = 12

② 3 + 2 = 5   3 + 3 = 6   3 + 4 = 7   3 + 5 = 8
3 + 6 = 9   3 + 7 = 10   3 + 8 = 11   3 + 10 = 13

③ 4 + 1 = 5   4 + 6 = 10
4 + 2 = 6   4 + 7 = 11
4 + 3 = 7   4 + 8 = 12
4 + 4 = 8   4 + 9 = 13
4 + 5 = 9   4 + 10 = 14

④ 1 + 2 = 3   2 + 3 = 5   1 + 8 = 9   3 + 7 = 10
3 + 4 = 7   4 + 5 = 9   2 + 6 = 8   4 + 6 = 10

Bilan

page 86

① 3 + 5 = 8   8 + 1 = 9   4 + 4 = 8   3 + 6 = 9

②

	d	u			d	u			d	u			d	u
	2	4			4	2			1	6			2	7
+	3	1		+	1	5		+	1	3		+	3	1
	5	5			5	7			2	9			5	8

③ 2 + 6 = 8   3 + 4 = 7   4 + 5 = 9   2 + 9 = 11

④ Vérifie avec le corrigé de l'exercice 3 page 85.

page 87

⑤ Opération : 2 + 4 = 6.
Solution : Carmen a dépensé 6 euros.

⑥

	2	3			3	6			2	2
+	2	2		+	6	3		+	5	4
	4	5			9	9			7	6

	3	3			0	7			2	5
+	5	4		+	1	2		+	4	0
	8	7			1	9			6	5

13. Se repérer dans l'espace

page 88

page 89

1

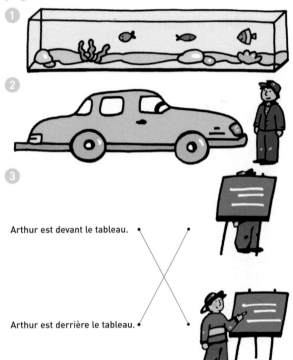

2

3

Arthur est devant le tableau. •　　•

Arthur est derrière le tableau. •　　•

14. Les labyrinthes

page 90

page 91

1

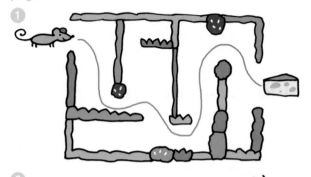

2

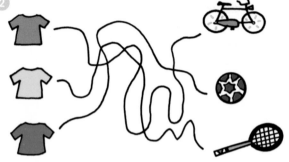

15. Les quadrillages

page 92

page 93

1 Vérifie sur le modèle donné dans l'exercice.

2 $3 \rightarrow 2 \uparrow \quad 3 \leftarrow 3 \downarrow$

3

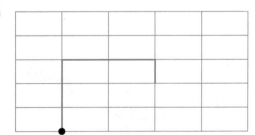

4 Chemin rouge : $2 \rightarrow 2 \uparrow 1 \rightarrow 2 \downarrow$

Chemin vert : $2 \rightarrow 2 \downarrow 1 \leftarrow 1 \downarrow$

16. Les tableaux à double entrée

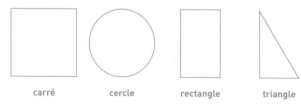

① Case n° 3 : une lune rouge – Case n° 5 : un cœur bleu – Case n° 6 : une lune bleue

②

+	1	2
3	4	5
2	3	4

③

	Garçon	Fille
Christelle		✗
Cécile		✗
Julien	✗	
Nicolas	✗	

17. Les figures simples

carré   cercle   rectangle   triangle

①

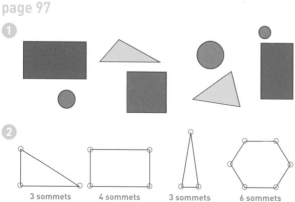

②

3 sommets   4 sommets   3 sommets   6 sommets

③ Il y a 2 carrés. – Il y a 3 triangles. – Il y a 3 cercles. – Il y a 3 rectangles.

18. Utiliser la règle

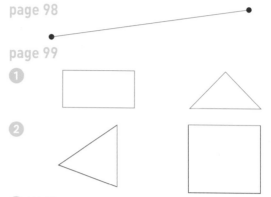

①

②

③ Vérifie tes dessins d'après le modèle.

Bilan

①

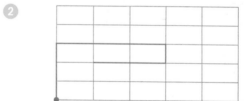

②

③

④

+	1	2	3	4
2	3	4	5	6
3	4	5	6	7

19. Mesure du temps

page 102

dimanche – lundi – mardi – mercredi – jeudi – vendredi – samedi

page 103

1 jour < semaine < mois < année

2 Réponse libre

3

avant	ce mois-ci	après
janvier	février	mars
mai	juin	juillet
novembre	décembre	janvier
septembre	octobre	novembre

4 Mois à 28 ou 29 jours : février.
Mois à 30 jours : avril, juin, septembre, novembre.
Mois à 31 jours : janvier, mars, mai, juillet, août, octobre, décembre.

20. Les longueurs

page 104

Il faut entourer la girafe.

page 105

1

2

3 Par exemple

21. Les masses

page 106

Il faut entourer l'éléphant.

page 107

1

2

Numéro 2   Numéro 1   Numéro 3   Numéro 4

3 Opération : 40 + 10 = 50 – Solution : Magalie et son vélo pèsent ensemble 50 kilogrammes.

Bilan

page 108

1 samedi – dimanche – lundi / lundi – mardi – mercredi / dimanche – lundi – mardi / jeudi – vendredi – samedi

2 Tu dois entourer en vert : 1 mètre. – Tu dois entourer en rouge : 17 kg. – Tu dois entourer en bleu : mai et hier.

3

Numéro 2   Numéro 4   Numéro 3   Numéro 1

page 109

4 Opération : 24 + 71 = 95 – Solution : La balance va indiquer 95 kilogrammes.

5

Histoire

1. Le calendrier d'une année

page 110
Il y a 12 mois dans une année.
Il y a 52 semaines dans une année.

page 111
1 Il y a 30 jours au mois de juin. – Il y a 30 jours au mois de septembre. – Il y a 31 jours au mois de décembre.

2

Quel jour tombe le...	Lundi	Mardi	Mercredi	Jeudi	Vendredi	Samedi	Dimanche
14 juillet ?	✗						
20 mars ?				✗			
25 décembre ?				✗			

4 Le numéro du mois de mai est 5.
Le numéro du mois de janvier est 1.

2. Année civile / année scolaire

page 112
Il faut souligner : janvier, février, mars, avril, mai, juin, juillet, août, septembre, octobre, novembre, décembre.
Il y a 12 mois.

page 113

1

janvier	février	mars	avril
mai	juin	juillet	août
septembre	octobre	novembre	décembre
janvier	février	mars	avril
mai	juin	juillet	août
septembre	octobre	novembre	décembre

2

janvier	février	mars	avril
mai	juin	juillet	août
septembre	octobre	novembre	décembre
janvier	février	mars	avril
mai	juin	juillet	août
septembre	octobre	novembre	décembre

3 L'année au CP dure 10 mois.
L'année du calendrier dure 12 mois.
L'année la plus longue est l'année du calendrier.

3. Les moments de la journée

page 114

1 → Julie se lève.
2 → Julie va à l'école.
3 → À midi, elle mange à la cantine.
4 → Elle rentre de l'école.
5 → Le soir, elle dîne avec sa famille.
6 → Elle se couche.

page 115

4. La frise de la vie

page 116

Paul Verdy bébé : n° 1.
Paul Verdy adolescent : n° 5.
Paul Verdy grand-père : n° 7.

page 117

① Le jour de ma naissance – ② Je suis un bébé. – ③ Je sais marcher tout seul ! – ④ J'ai 3 ans : je vais à l'école maternelle. – ⑤ C'est mon anniversaire : j'ai 4 ans ! – ⑥ Je suis à l'école primaire.

5. L'histoire dans la vie de tous les jours

page 118

page 119

Tu dois mettre V pour : des bandes dessinées, les poupées Barbie, les ampoules électriques, le réfrigérateur, l'appareil photo, le chauffage électrique, les voitures.

Tu dois mettre F pour : des magnétoscopes, la télévision en couleur, le four à micro-ondes, les jeux vidéo, les CD, les produits surgelés

Tu dois mettre V pour : des pommes de terre, des crêpes, du pain, des crêpes, du poulet, des oranges, des frites.

Tu dois mettre F pour : des kiwis, des pizzas, de l'autruche, des chewing-gums, des esquimaux, des hamburgers, du soda.

Géographie

1. Chasse au trésor dans la cour d'une école

page 120

page 121

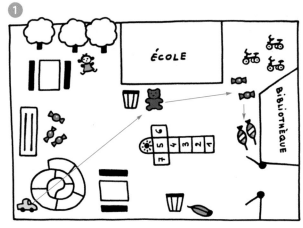

2 Pauline a rapporté : le nounours, les bonbons bleus et la poupée.

2. Les repères sur un plan

page 122

Tu dois cocher les cases :
une banque, une boutique, l'Inventorium 3-6 ans,
une librairie, un cinéma, un vestiaire

page 123

1
Le numéro de la Cité des enfants 5-12 ans est 5. Tu dois colorier en bleu l'espace du numéro 5.
Le numéro de l'« Inventorium » des 3-6 ans est 1. Tu dois colorier en vert l'espace du numéro 1.
Le numéro de la boutique est 9. Tu dois colorier en rose l'espace du numéro 9.
Le numéro de la librairie est 10. Tu dois dessiner un livre dans l'espace du numéro 10.

3. Quel temps fait-il ?

page 124

page 125

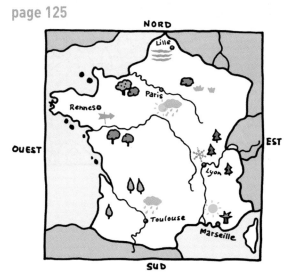

4. Où habites-tu ?
Une histoire d'adresse

page 126

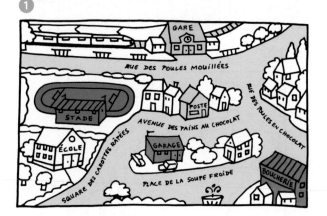

page 127

Habitent-ils dans la rue...	du garage ?	du stade ?	de la gare ?	de la boucherie ?	de la Poste ?	de l'école ?
Florian	X			X		
Marion		X				X
Chloé		X	X			
Pauline	X	X			X	

5. Ailleurs dans le monde

page 128

Autrefois, les Inuits habitaient dans des igloos, des maisons de neige. À l'intérieur, ils allumaient un feu pour se réchauffer un peu et, la nuit, ils dormaient enroulés dans des peaux d'ours. Aujourd'hui, ils apprennent toujours à construire des igloos, mais c'est seulement pour s'abriter du grand vent et du froid, quand ils partent loin, très loin de leurs villages.

page 129

1 Tu dois colorier en bleu : un igloo, un ours blanc, un ours blanc, un iceberg, un phoque, un traîneau.
Tu dois colorier en jaune : une oasis, des palmiers, une caravane de chameaux, des dunes de sable.

Sciences

1. Les cinq sens

page 131

1

la vue •

• l'odorat

• le goût

le toucher •

• l'ouïe

2 l'ouïe → les oreilles – le toucher → la peau – l'odorat → le nez – la vue → les yeux – le goût → la langue.

3 Un enfant : les yeux B – Un insecte : les yeux A.

2. Les dents

page 133

1 La meilleure boisson pour avoir de bonnes dents est le lait (les deux autres réponses, sont fausses).
Pour se laver les dents, on utilise du dentifrice (les deux autres réponses, sont fausses.)
Il faut se rendre chez le dentiste une fois par an (les deux autres réponses, sont fausses).

2 Les molaires → écrasent les aliments.
Les canines → déchirent les aliments.
Les incisives → coupent les aliments.

3. L'alimentation

page 135

1 matin → petit déjeuner – midi → déjeuner – après-midi → goûter – soir → dîner

2 Réponse libre.

4. L'air, le vent

page 137

1

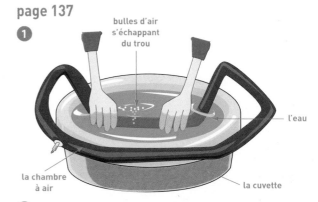

bulles d'air s'échappant du trou

l'eau

la chambre à air

la cuvette

2

Le Soleil réchauffe la Terre.

L'air chaud monte.

L'air froid prend la place de l'air chaud.